# Confissões de uma Encalhada

*Tatiane Caetano*

**Preparo de originais:** Laura Dias
**Revisão:** Lilian Ferraz
**Diagramação:** Samanta Paleari
**Capa:** Fernanda Pereira

**Catalogação na publicação**
**Elaborada por Bibliotecária Janaina Ramos – CRB-8/9166**

C128c

Caetano, Tatiane

Confissões de uma encalhada / Tatiane Caetano. – Rio de Janeiro: Ases da Literatura, 2022.

N p. 124; 14 X 21 cm

ISBN 978-65-99739-86-6

1. Romance. 2. Literatura brasileira. I. Caetano, Tatiane. II. Título.

CDD 869.93

Índice para catálogo sistemático

I. Romance : Literatura brasileira



Editora Ases da Literatura

**www.asesdaliteratura.pt**

# Confissões de uma Encalhada

*Tatiane Caetano*

ASES DA LITERATURA

Dedico esse livro à minha família e meus amigos, que mesmo sem saber, me ajudaram a tornar esse sonho uma realidade.

# Capítulo 1

Romance É incrível como ele está sempre presente nas nossas vidas. Seja em filmes, livros, músicas, na rua, na chuva, na fazenda, no trem, no metrô, em todo lugar. Quero dizer, principalmente para nós, mulheres, que parecemos pré-programadas para sonhar com um príncipe encantado e a suspirar esperando a nossa hora de viver o tão famoso romance. Só que algumas de nós (na verdade, alguns de nós, já que alguns homens sonham com romance também) talvez passemos a vida sem saber o que é isso.

Desculpe, já comecei a reclamar e nem me apresentei. Meu nome é Letícia, tenho 28 anos, sou publicitária e adivinhem sou encalhada. Pois é, algumas pessoas podem pensar: *credo, ela se assume como encalhada, que triste!* Mas na verdade, às vezes, é melhor você se assumir do que só ficar ouvindo os outros te colocarem como tal, afinal, é bom rir de si mesma.

Mas onde eu estava mesmo? Ah sim, romance, amor, relacionamento, porque a sociedade é tão obcecada por isso? Eu sei, nós somos, como eu disse, biologicamente programados para buscar um parceiro, procriar, etc. Mas por que somos considerados errados quando não fazemos isso e as pessoas não param de perguntar o motivo de não estarmos namorando, ou no meu caso, nunca ter namorado? Pois é, outra surpresa, nunca tive um namorado!

Algumas pessoas dizem que eu escolho demais, mas o que há de errado nisso? Eu não fico parada esperando um príncipe encantado aparecer em um cavalo branco, ou para ser mais moderno, em uma Ferrari vermelha. Brincadeira, não sou do tipo interesseira. Na verdade, eu tento muito encontrar alguém, e como eu tento!

Desde criança eu sonhava com um amor verdadeiro, sempre fui apaixonada por contos de fadas, confesso que ainda sou. Mas, conforme eu crescia, fui me interessando cada vez mais por romances em livros e filmes, e queria um namorado que fosse tão lindo e romântico quanto essas histórias que me encantavam. Está bom, talvez nem tão romântico, vamos combinar que às vezes eles são muito exagerados e grudentos, mas enfim Minha desastrosa vida amorosa começou mais ou menos aos onze anos de idade e, como normalmente acontece nessa fase da vida, eu tive vários amores platônicos, que obviamente já nasciam fadados ao fracasso.

Meu primeiro amor platônico foi um cantor de uma banda famosa, que não vale a pena mencionar, afinal isso já é constrangedor o bastante. Mas se não bastasse ter um amor platônico tão impossível, eu tive dois. Aos doze anos me apaixonei por outro cantor famoso e essa paixão durou dez anos. Não precisa falar nada, eu sei.

Mesmo com esses amores platônicos inalcançáveis

eu ainda me encantava por garotos da minha realidade, mais precisamente da minha escola, o que não os tornava menos platônicos. Resumindo, eu era uma garota totalmente tímida (ainda sou um pouco), que sempre se apaixonava pelas pessoas erradas (ainda me apaixono, muito), mas naquela época eu sempre gostava do cara mais lindo da escola, o mais popular, o que todas as garotas também queriam, e aí, para a garota tímida e nada popular não sobrava muita coisa além de ficar suspirando pelos cantos.

O tempo passou e eu cresci. Fui para faculdade, formei-me, consegui um emprego e aluguei um apartamento para morar sozinha em São Paulo. Finalmente deixei de gostar daquele cantor famoso, porém na vida amorosa nada mudou. Eu me apaixonei por amigos, me tornei amiga de muitos pelos quais me apaixonei, mas namorado que é bom, nada. Já ouvi muitas brincadeiras de amigos, familiares, conhecidos. Agora eu cansei, decidi que vou arrumar um namorado, custe o que custar.

# Capítulo 2

Antes de começar a contar sobre a "caçada" em si, vou deixar você me conhecer um pouco melhor e quem sabe assim você consiga me entender. Eu sei que é difícil, porque eu sou meio louca, complicada e muito atrapalhada, mas tente um pouco.

Como eu já disse, sou bem atrapalhada, e a Lei de Murphy parece reger a minha vida em muitas situações. Mesmo assim, consegui me formar como publicitária. Hoje trabalho como redatora em uma das maiores agências de publicidade do mundo e eu amo meu trabalho.

Para quem não sabe como funciona uma agência de publicidade e propaganda, eu vou resumir: o cliente, que normalmente é uma pessoa ou equipe que trabalha na área de marketing de uma empresa, encomenda uma campanha ou algumas peças para a agência. No nosso caso, só trabalhamos com empresas muito importantes, então, a nossa agência é dividida em equipes e cada equipe trabalha com um número reduzido de clientes.

Uma equipe normalmente é composta pelo atendimento (que é quem lida diretamente com o cliente), o planejamento, a criação que tem os diretores de arte, os redatores, diretores de criação, a equipe de mídia, entre outros.

A equipe com a qual eu trabalho é maravilhosa e meu chefe, o Lucas, é um amor de pessoa. Na verdade, a agência toda é incrível e me dou muito bem com todo mundo, com exceção de uma pessoa: a Bruna que trabalha no atendimento e que, graças a Deus, só atuamos juntas uma vez, quando entrei na agência como estagiária. Por algum motivo, que até hoje desconheço, a Bruna me odeia e vive falando mal de mim e do meu trabalho para várias pessoas da agência, inclusive para o meu chefe. Sorte a minha que ele não dá atenção para ela.

Cada equipe tem alguém responsável pelo atendimento, o da minha é a Luana, que é super fofa e aguenta vários perrengues dos clientes. Normalmente, quem trabalha em agência diz que a criação e o atendimento não se dão bem, o que seria o caso se eu trabalhasse com a Bruna.

Voltando à minha vidinha, eu trabalho na agência desde o último ano da faculdade, já são seis anos e alcancei uma boa posição lá. Mas eu cresci em São Bernardo do Campo, uma cidade no ABC Paulista que fica um pouco longe da agência na Avenida Paulista, zona central de São Paulo.

Na época do estágio não era fácil sair de casa, ir até a agência, depois ir para faculdade e por fim, para casa. Então, quando terminei os estudos e fui efetivada, aluguei um pequeno apartamento próximo à agência, onde ainda moro. É um lugar simples já que não sou tão chegada a luxo, e na maioria dos fins de semana eu vou para a casa dos meus pais.

Além do inglês, que é absolutamente indispensável na minha área, também falo francês fluentemente. Acho uma língua lindíssima e sou obcecada por Paris, principalmente pela Torre Eiffel, mas infelizmente só fui lá uma vez até hoje.

Eu tenho alguns amigos que cresceram comigo e outros que conheci na faculdade, mas a maioria já se casou ou está em um relacionamento sério. Minha única salvação é o Marcelo, meu melhor amigo, um moreno maravilhoso de lindos olhos azuis, que resumindo: é um gato! E é claro que eu já fui apaixonada por ele quando nos conhecemos na faculdade, mas obviamente nem tentei nada. Com a minha total falta de sorte no amor, só teria perdido um grande amigo.

Sei que ele nunca se apaixonaria por mim, afinal, ele tinha todas as garotas da faculdade a seus pés e ainda hoje faz todo mundo suspirar por onde passa. Além de lindo, ele é simpático, inteligente, engraçado, ou seja, o cara perfeito. Ainda bem que, depois de tantos anos, consegui sacar que ele não é o cara perfeito para mim.

O Marcelo é diretor de arte em uma agência "concorrente" que também é uma das maiores do mundo. Desde que arrumamos esses empregos estamos tentando convencer um ao outro de trocar de empresa, já que somos uma ótima dupla de criação desde a faculdade. Mas enquanto a minha agência possui horários fixos de trabalho, a dele é no estilo antigo, em que a maior parte das noites são passadas em claro "à base de pizza".

Ele adora essa rotina louca, mas eu gosto de ter tempo para fazer outras coisas e minhas horas de sono são sagradas, já que eu não funciono se não dormir pelo menos sete horas seguidas. Sendo assim, vamos vivendo separadamente, o que é até melhor. Acho que não conseguiria me concentrar olhando aquele rosto lindo o dia todo. Letícia, apenas amigos, lembra? Concentra.

# Capítulo 3

Mas vamos voltar para a questão principal, acabar com meus dias de encalhada. Bem, para começar a minha "caçada" seria bom descobrir primeiro qual é o meu problema, o que obviamente eu não faço a menor ideia. Eu não sou uma garota feia, mas também não sou nenhuma Gisele Bündchen. Sou normal, morena, olhos castanhos, nem gorda, nem magra, ou seja, normal.

Sou legal, simpática, engraçada, um terror na TPM e, às vezes, posso ser muito chata, mas isso também é normal, não é? Espero que seja. Também não sou de sair muito, o que pode ser uma das causas dessa dificuldade em arrumar um namorado, então obviamente eu preciso sair mais, conhecer gente nova. Na verdade eu preciso é de um plano A, e um B, um C

Como tudo na minha vida funciona na base do papel e caneta, já pego meu caderninho inseparável (caderninho sim, desculpa, sou *old school* nessas coisas) e começo a escrever os meus planos:

Plano A: Ir para a balada (não dizem que é o lugar perfeito para paquerar?);

Aprender a paquerar (afinal, eu sou terrível nisso);

Plano B: Aplicativos de relacionamento (meio estranho, mas não custa tentar);

Plano C: Encontros às cegas com amigos de amigos (simplesmente terrível, as pessoas sempre acham que você tem que encontrar o amigo lindo ou super boa pinta delas);

Ainda tenho que pensar no plano D, mas espero que os outros deem certo para não ter que chegar até aqui.

E claro, uma lista de coisas a fazer:

Emagrecer uns três quilos (afinal, que mulher não precisa emagrecer?)

Comprar um vestido novo para ir para a balada arrasando e maquiagem também, é claro.

Tirar três milhões de fotos até achar uma perfeita para colocar no meu aplicativo de relacionamento ou nos meus cinco aplicativos de relacionamento.

Pensar em uma amiga igualmente encalhada que possa ir para a balada comigo (ir com o melhor amigo homem e gato não rola, né? Vou espantar todos os pretendentes).

Bom, com as listas prontas, tudo o que eu tenho que fazer é começar o jogo e acho que posso começar com a dieta. Depois que eu terminar aquele bolo de chocolate que está na geladeira e o sorvete também, né? Afinal, não posso desperdiçar.

Posso começar então indo às compras enquanto penso na melhor amiga para me acompanhar, como é sábado à tarde e não tenho nada para fazer mesmo, vou ao shopping começar os trabalhos.

# Capítulo 4

A ida ao shopping foi um desastre, afinal eu odeio fazer compras, porque nunca acho nada bonito que fique legal em mim. Foram cinco horas da minha vida totalmente desperdiçadas, que só me deixaram mais estressada e também um pouco mais gorda, afinal, quando a gente se estressa no shopping a melhor coisa a se fazer é comer, certo? E de preferência algo bem calórico. Mas eu não parei por aí, cheguei ao apartamento e ataquei o bolo de chocolate que estava na geladeira, lá se vai a ideia de emagrecer três quilos.

Meu saldo do dia: não comecei a dieta, nem comprei roupa nova, eu me esqueci de comprar a maquiagem e não consegui pensar em ninguém para ir à balada comigo. Pensando em tudo isso acabei ficando deprimida e, quando estava prestes a atacar o sorvete, o Marcelo me ligou e me chamou para sair. O que seria das encalhadas da vida se não fosse o melhor amigo, não é verdade?

Fomos ao cinema, algo que fazemos sempre juntos já que somos apaixonados pela sétima arte e por séries. Quando estamos juntos normalmente fazemos duas coisas, assistir a filmes e séries e comer muito. Enquanto jantávamos, depois do cinema, pensei em como parecemos um casal às vezes. Nós nos damos muito bem, rimos das piadas um do outro e conversamos sobre tudo. Estamos sempre juntos e ele dificilmente engata um relacionamento.

Apesar de ter tantas mulheres atrás dele (alguns homens também, tenho que admitir), ele parece sempre preferir a minha companhia. Então, antes de entrar em terreno perigoso, resolvi fazer uma pergunta que nunca havia passado pela minha cabeça até então:

— Marcelo, você é gay?

Ele quase engasgou, mas começou a rir muito.

— O quê? Letícia, você bebeu? Por que está me perguntando isso?

— Sei lá, só uma ideia que me ocorreu, você nunca assume um relacionamento, está sempre de segredinho das pessoas com quem você fica, pensei que pudesse ser gay, mas não quisesse assumir. Você sabe que pode assumir para mim, não é? Eu vou continuar sua amiga e vou estar sempre ao seu lado.

— Você é maluca! Eu não sou gay, só não encontrei a pessoa certa, ou já encontrei, só que ela ainda não se tocou disso.

Nesse momento eu senti que ele me olhava com uma intensidade diferente, mas é claro que era só coisa da minha cabeça. Eu pensei que já tinha superado essa paixonite por ele, só pode ser essa droga de carência afetando o meu cérebro! Eu tinha que me tocar de uma vez por todas que as coisas entre nós nunca passariam de amizade. Balancei a cabeça para afastar o pensamento.

— Enfim, desculpa, acho que bebi vinho demais, esquece. Mas eu queria te contar uma coisa.

— O quê?

— Resolvi que vou solucionar meu problema de encalhamento de uma vez por todas.

Ele pareceu se interessar pelo assunto de repente.

— Sério? E como você pretende fazer isso?

— Bolei uma estratégia, com planos e tudo, tem o plano A, o B, o C

— E quais são esses planos?

— Bem, o plano A consiste em ir pra balada e paquerar, algo que ainda preciso desenvolver, porque, você sabe, sou um desastre nisso. Se não rolar, vou para o plano B, aplicativos de relacionamento. É um pouco estranho, mas situações desesperadas pedem medidas desesperadas, certo? E por último, o pior de todos, espero não ter que chegar a ele, encontros às escuras com amigos de amigos. O que você achou do meu plano genial?

Quando terminei de contar meus planos toda entusiasmada e cheia de expectativa, percebi que sua expressão havia mudado e não estava nada boa, ele parecia triste e zangado ao mesmo tempo, o que não fazia o menor sentido.

— Ridículo! Não acredito que você está disposta a arrumar namorado por meio de aplicativos de encontros.

— Eu não entendo a sua reação. Por que é ridículo? Eu deveria passar o resto da vida esperando o príncipe aparecer e bater na minha porta, é isso?

— Não, você deveria olhar à sua volta, às vezes ele está mais perto do que você imagina. Quer saber? Não sei nem porque estou te falando isso. Boa sorte na sua busca, espero que você encontre o tal do príncipe encantado, tchau.

Depois de falar isso ele levantou e saiu, deixou-me sozinha e estarrecida com a cena, como se eu estivesse olhando de fora do meu corpo e tentando entender a reação dele que, com certeza, não fazia o menor sentido. Depois de pagar a conta (porque, além de me deixar sozinha, ele ainda saiu sem pagar a parte dele), fui para casa pensando no que tinha acabado de acontecer e não conseguia encontrar as respostas.

Nos dias que se passaram depois disso, ele não atendeu nenhuma das minhas ligações, nem respondeu às minhas mensagens. Depois de um tempo, resolvi deixar para lá, afinal, eu não iria entender o que se passava e eu tinha um plano para colocar em prática que não poderia esperar.

# Capítulo 5

Mais decidida do que nunca, voltei no outro fim de semana ao shopping e experimentei vários vestidos que não ficavam bons ou eu não me sentia totalmente confortável em alguns deles. A coitada da vendedora não aguentava mais, fiquei até com pena dela. Depois de muitas provas, finalmente comprei dois vestidos, um lindo preto, um pouco acima do joelho e um vermelho que realçava meu corpo. Não foi muito fácil escolher, já que normalmente eu só uso vestidos em ocasiões especiais. Depois, saí da loja pronta para outro suplício: os sapatos.

Veja bem, não é que eu me vista mal, mas normalmente penso primeiro no meu conforto, principalmente para sair, e como não preciso usar roupas mais chiques, digamos assim, no meu dia a dia não costumo comprá-las para sair também. E o salto alto está sempre fora da minha lista de melhores calçados para uma balada, mas vai que é esse o meu problema. Então lá fui eu tentar achar um salto confortável para a noite.

Depois de atormentar a vida de outro vendedor, finalmente saí de outra loja com meus sapatos de salto na mão e exausta, porém, decidida, passei para a última aquisição do dia: a maquiagem. Como minha base já estava quase no fim, fui comprar apenas uma nova e uma sombra, mas acabei me empolgando e comprando algumas coisas que me obrigariam a buscar um tutorial na internet, já que não fazia ideia de como usar a maioria delas.

Para o meu espanto, encontrei nessa loja a companhia que eu procurava, Samantha, uma amiga da escola que eu não via há anos e que também estava comprando novas maquiagens para, segundo ela, dar uma repaginada, não que ela precisasse. Eu lembro que ela era muito popular entre os garotos naquela época e continua lindíssima, mas como tinha acabado de ter um divórcio complicado e estava em busca de um novo amor, achava que precisava disso. O que eu até entendia, divórcio não é nada fácil.

Bem, não dá para dizer que ela era realmente o tipo de amiga encalhada que eu estava procurando, afinal ela não estava encalhada, tinha acabado de se separar e eu queria alguém que estivesse no mesmo patamar que eu. Ou seja, que tem alguma dificuldade para encontrar alguém, não como ela, que sempre fez os meninos caírem aos seus pés. Mas é como dizem: "se só tem tu, vai tu mesmo", já que, incrivelmente, todas as minhas amigas estavam namorando ou casadas, eu tinha que aproveitar a oportunidade.

Não deixei de pensar que talvez ela tenha perdido o encanto depois de tantos anos de casada (credo — isso soou bem invejoso), o importante é que ela quer sair para "caçar" e essa noite vou colocar o plano A em ação.

Combinamos de nos encontrarmos às vinte e três

horas na frente de uma balada super descolada de São Paulo e fomos para casa nos preparar. Tomei um banho demorado com direito a todos os sabonetes, shampoos, condicionadores e hidratantes possíveis.

Eu havia lido em algum lugar na internet que o pensamento positivo tem poder, então, enquanto fazia todo o meu ritual de beleza repetia o mantra de que naquela noite encontraria o meu grande amor.

Depois do banho fui escolher um dos vestidos que seria a minha nova roupa da sorte, o que demorou um pouco. Escolhi o vestido preto tão animada, lembrando como eu tinha ficado bonita com ele, que já arranquei a etiqueta e fui vesti-lo, ou melhor, tentar vesti-lo. Foi aí que percebi que a moça da loja trocou os vestidos, dando-me um com dois números a menos, que não caberia em mim nunca, nem perdendo todo o peso que eu ainda pretendia perder.

Respirei fundo e decidi que aquilo não iria acabar com meu humor e arruinar a minha noite perfeita. Peguei o vestido vermelho, olhei a etiqueta atentamente para ter certeza de que não havia acontecido o mesmo com aquele e respirei aliviada quando vi que não. No entanto, em vez de pegar uma tesoura para tirar a etiqueta eu resolvi arrancá-la, pois já estava atrasada. Resultado: o vestido simplesmente rasgou e ficou com um furo enorme.

Nesse momento eu queria gritar, chorar, espernear, mas não iria deixar a Lei de Murphy ganhar. Respirei fundo mais uma vez e fui olhar no meu armário, afinal eu tinha muitas roupas, alguma tinha que servir.

Depois de trinta minutos acabei me decidindo por uma calça jeans e uma blusinha, o tipo de roupa que vou sempre para a balada (quando eu vou) e fui fazer a maquiagem quando a Lei de Murphy atacou novamente. Não é que quando coloquei a base vi que a cor também estava errada?

Não era possível, parecia que todas as vendedoras daquele shopping tinham combinado de acabar comigo, só pode, é um complô do universo com elas para que eu morra encalhada. Mas eles não iriam ganhar, afinal, eu tinha uma base que já estava quase no fim, e que eu teria que fazer uma mágica para cobrir o rosto todo.

E toda aquela parafernália que eu comprei na loja, você deve estar se perguntando. Óbvio que àquela altura eu já não tinha mais tempo e nem vontade de assistir a tutorial de maquiagem na internet, então ficaria para uma próxima vez. Hoje eu iria no "basiquinho" mesmo, fazer o quê?

Depois de mais vinte minutos eu finalmente estava pronta. E, após tantos planos para mudar, ser um nova Letícia que faria todos os homens caírem a meus pés, eu me olhei no espelho e vi a mesma Letícia que via todos os dias, nada de diferente, nada de especial e senti minha confiança se esvaindo lentamente.

Quase tirei toda a roupa e fui para a cama, mas como já tinha combinado com a Samantha não poderia dar para trás. Então respirei fundo mais vez, repetindo que tudo daria certo, que ele, o príncipe, estaria lá com certeza me esperando.

Quando cheguei à balada minha confiança se abalou mais uma vez. A Samantha já estava me esperando completamente deslumbrante, com um vestido lindo, um salto enorme (que eu jamais conseguiria usar) e uma maquiagem que parecia de profissional, que realçava ainda mais seus olhos azuis e seus longos cabelos loiros. Pois é, não mencionei, mas é isso mesmo, ela é loira, alta e tem olhos azuis, injusto, né? Assim que ela me viu, já veio falar comigo toda animada.

— Até que enfim você chegou, hein? Estou louca para entrar e começar a noite, está cheio de gatinhos aqui.

— Desculpe, tive um contratempo com as roupas que comprei no shopping, acabei tendo que vir com as minhas roupas velhas e feias mesmo, quase desisti.

— Para de bobagem, você está linda. Vamos nessa.

— Ok, vamos lá.

Entramos na balada e eu via os olhos de todos os homens na Samantha. Se tinha alguém de olho em mim? Acho que não. Resolvemos começar os trabalhos pelo bar e pedimos uma bebida.

A essa altura eu já estava meio desanimada, mas quando olhei em volta vi um cara encostado em uma parede perto do bar com um grupo de pessoas. Ele era exatamente meu tipo, loiro de olhos azuis, um sorriso lindo e não tirava os olhos da nossa direção. Deixei o desânimo de lado e comecei a investir nos olhares, eu não era boa de paquera, mas olhar todo mundo sabe, né? Afinal, qual o mistério nisso?

Uma hora depois, muitos caras já tinham chegado na Samantha, mas ela disse que tinha resolvido ser mais seletiva naquele dia. Em mim, claro, ninguém tinha chegado e eu ainda investia no cara da parede que, apesar de não parar de olhar para o nosso lado, não fazia nenhum movimento de aproximação.

Quando eu já estava me cansando de olhar e jogar o meu charme em vão, ele finalmente veio andando na nossa direção. Meu coração acelerou e me deu um frio na barriga quando ele finalmente chegou perto e aproximou a boca do meu ouvido para que eu pudesse escutá-lo em meio à música alta.

— Oi.

— Oi.

— Eu sou o Leandro — disse ele, sorrindo. E, meu Deus, que sorriso era aquele? Como ele era lindo.

— Prazer, Letícia.

— Muito prazer, Letícia. Não sei se você percebeu, eu estou olhando para cá faz um tempão, mas eu sou muito tímido e estava tomando coragem para me aproximar.

— Ah, não tem problema. Afinal, você conseguiu, né?

— Bem, não totalmente. É que eu achei sua amiga muito linda, mas não tenho coragem de chegar nela. Eu já vi tantos caras irem falar com ela e serem esnobados. Será que você poderia me ajudar?

Meu queixo foi parar no chão junto com meu estômago e meu coração. Eu não acreditava que o cara para quem eu estava olhando desde que cheguei, estava de olho na Samantha e agora estava na minha frente me pedindo para ajudá-lo a chegar nela, inacreditável.

Minha vontade era dar um tapa na cara dele por me fazer de palhaça, mas ele me olhava com tanta expectativa que deu para ver que não tinha sido intencional, então resolvi ajudar. Eu me recompus, coloquei um sorriso na cara e falei:

— Claro, vou falar com ela, só um minuto.

Virei-me para falar com a Samantha que dava um fora em outro cara. É claro que eu podia inventar alguma coisa para ela e voltar para o Leandro dizendo que ele também tinha levado um fora, afinal eu poderia vingar o fora que eu tinha acabado de tomar, mas o eu que ganharia com isso? Então perguntei para a Samantha se ela estava a fim do Leandro, e para minha surpresa, ela ficou toda entusiasmada.

— É sério? Estou olhando para ele faz um tempão, mas ele não se mexia e quando ele finalmente se aproximou e veio falar com você, pensei que era de você que ele estava a fim.

— Ele é tímido e quando viu que você estava dando o fora em todos os caras que se aproximavam, achou melhor falar comigo primeiro.

— Eu estava dando o fora em todos, porque queria ele, adoro os tímidos.

— Que bom, vou falar com ele então.

— Nem precisa.

Ela passou por mim rapidamente, pegou o Leandro pela mão e saiu andando sei lá para onde, me deixando com cara de tacho no meio da balada. Sabe, as pessoas precisam parar de fazer isso, me deixar sozinha assim, com cara de tacho, já é a segunda vez em uma semana.

Depois que a Samanta sumiu, eu, finalmente, me tornei visível para os homens à minha volta, mas já não estava no clima. Terminei o meu drink, mandei uma mensagem para ela avisando que já tinha ido embora e peguei um táxi para casa. Quando cheguei e olhei para o relógio e vi que ainda era uma da manhã, fiquei com raiva por ter me produzido toda para ficar menos de duas horas na balada. Então, só me restava uma coisa: pegar o sorvete no congelador e assistir a algum filme na TV que me fizesse chorar.

# Capítulo 6

Acordei no dia seguinte assustada com o celular tocando, vi que já eram duas horas da tarde e eu ainda estava no sofá, vestida com a roupa do dia anterior, maquiada e com o meu sofá cheio de sorvete. Quando olhei no visor para ver quem me ligava, vi que era a Samantha. Não sabia se estava a fim de atendê-la e ouvir sobre sua noite maravilhosa, mas atendi mesmo assim.

— Oi, Sam.

— Lê, não acredito que você foi embora naquela hora. Era muito cedo, você não ficou chateada que te deixei sozinha, não é? Afinal, o intuito era encontrar alguém, certo?

— Claro, não fiquei chateada não, é que eu tive uma emergência e tive que vir embora. — Claro que era mentira, mas não iria ficar por baixo, né?

— Uma emergência? Mas está tudo bem? O que aconteceu?

Depois de ouvir a preocupação dela me senti mal pela mentira e como tinha acabado de acordar não conseguia pensar em nenhuma história para contar, então fui no básico

— Fui ao banheiro e vi que estava menstruada, foi isso.

— Nossa, que susto.

— Mas me conta, e o Leandro, como foi?

— Ai, Lê, ele é incrível, lindo, educado, simpático, gentil, e a timidez dele? É tão fofa. Nós conversamos a noite toda, ficamos é claro, ele me trouxe em casa e quando eu o convidei para entrar, ele disse que era muito cedo para isso, acredita? Um perfeito cavalheiro.

— Acredito. — O cara perfeito, do jeito que eu sempre sonhei, que mais uma vez não era para mim.

— A gente vai se encontrar daqui a pouco para dar uma volta no parque, não é romântico?

— Muito.

— Bom, então depois a gente se fala, tchau.

— Tchau.

Desliguei, mais uma vez estarrecida e com uma pontinha de raiva. Afinal, que universo injusto é esse em que a pessoa que acabou de se separar encontra o cara perfeito na primeira saída e eu que já estou procurando a vida toda não acho em lugar nenhum?

Esse cara não podia ser tão perfeito, algum defeito ele tinha, deveria estar fazendo charminho e depois que fosse para cama com ela sumiria, como muitos fazem. Eu deveria avisá-la. Peguei o celular para retornar a ligação, mas parei, até porque se o cara fosse tudo isso mesmo e eu estragasse ela nunca iria me perdoar, e se ele não fosse ela descobriria por si mesma.

Credo, a “encalhadisse”, além de me deixar

deprimida, também estava me deixando invejosa (e me fazendo inventar novos termos). Desejo que minha amiga realmente tenha encontrado um cara legal, vou tomar um banho e limpar a sujeira que deixei no sofá. Aff!

Depois de tudo isso queria sair para conversar com alguém, ver o sol, mas era domingo, estavam todos com seus respectivos maridos, esposas, namorados, namoradas, enfim, só tinha uma pessoa para quem eu poderia ligar: o Marcelo, mas ele não parecia querer falar comigo, então desisti.

Acho que eu estava precisando mesmo era do colinho da mamãe, mas meus pais tinham ido passar o fim de semana fora, não dava para passar em casa. Então resolvi curtir uma companhia que querendo ou não eu estava me acostumando a aproveitar, afinal, era a única pessoa que eu tinha certeza de que teria ao meu lado para o resto da vida: eu mesma. E fui dar um passeio sozinha no parque, torcendo para não dar de cara com a Samantha e o Leandro por lá.

# Capítulo 7

Depois do desastre da balada resolvi deixar o plano A de lado por um tempo e tentar o plano B, que não era nem um pouco tentador, afinal, encontrar um amor por meio de um aplicativo de relacionamento não é, pelo menos para mim, a coisa mais interessante do mundo.

Primeiro que dá muito trabalho, você tem que passar horas procurando pessoas que te interessem e torcendo para que eles gostem de você também, e aí depois que vocês dão o sonhado match começa a parte mais difícil: conquistar a pessoa com palavras.

Quem passou pela fase das salas de bate-papo sabe o quanto é difícil e chata essa parte, até porque é sempre a mesma história, a introdução da conversa nunca muda e até você partir para a conversa interessante demora muito. Mas, como no amor e na guerra vale tudo, quer dizer, quase tudo, vamos nos arriscar, afinal, o que me custa?

Depois do trabalho passo de novo na loja de maquiagem para trocar a base. Ainda bem que a vendedora lembrou-se de mim e trocou numa boa, eu não precisava da Lei de Murphy me estressando de novo, né?

Chego em casa, arrumo o cabelo e faço uma bela maquiagem para tirar a foto perfeita e depois de uma hora e umas quinhentas fotos, finalmente escolho aquela que vai para o meu perfil no aplicativo. Claro que não pode ser uma única foto, né? Nem todas tiradas com a mesma roupa, senão vão desconfiar que tirei todas no mesmo dia só porque estava em uma dia bom (é a verdade, mas ninguém precisa saber disso).

Então nessa uma hora tive que trocar de look algumas vezes para selecionar, nas quinhentas fotos, umas cinco que considerei suficientes para completar o perfil. Mas, a foto não é o único problema, eu tenho que escrever um perfil atrativo para os meus futuros pretendentes e mesmo sendo uma redatora, não é fácil criar algo interessante falando de mim mesma. Será que é fácil para alguém?

No fim, apesar de saber que a propaganda é a alma do negócio, resolvo só deixar a foto mesmo, afinal, um pouco de mistério também pode ser atrativo, não? Bem, espero que sim.

Depois de deixar o perfil pronto passo para a segunda fase, começar a procurar os caras interessantes e depois de um tempo começo a achar que as pessoas têm um pouco de razão sobre mim, eu escolho demais. Depois de uma hora olhando milhares de caras no aplicativo eu devo ter escolhido uns cinco.

Está bem, eu realmente escolho demais, mas não posso evitar, eu tenho um gosto muito bom, mas também não é só isso, você já entrou em um aplicativo de relacionamentos? Se sim, vai concordar comigo; se não, vou te dizer como é: de cada dez homens, oito colocam uma foto sem camisa no perfil achando que estão arrasando e vão conquistar todas as mulheres. Pode até ser atrativo, mas quem quer um relacionamento de verdade nunca vai levar um cara desses a sério.

Tem também os que colocam fotos com amigos e, às vezes, é a única foto da pessoa. Como você vai saber quem é? (Dizem que é sempre o mais feio e eles fazem isso pra enganar.) Essa questão da única foto tem um outro problema, como eu disse quando estava montando meu perfil, às vezes, aquela era a única foto boa da pessoa, você olha e acha que é um deus, quando conhece pessoalmente não é nada daquilo que você imaginava.

Em uma última olhada no aplicativo vejo um cara que colocou no perfil que quer uma mulher com mãos fortes para lhe fazer massagens. Fico me perguntando se é realmente uma namorada ou umas massagens gratuitas que ele quer. Resolvo dar por encerrada a noite e vou para a cama.

No dia seguinte checo meu perfil e dos cinco até agora só um deu match, mas ele não parece muito interessado em conversar. Quem entende essas pessoas? Por que se mostrar interessado em alguém se você não quer nem conversar? Às vezes eu acho que deveria ter nascido no século passado, quando os pais escolhiam com quem as filhas se casariam, evitaria um monte de problemas no quesito relacionamento. Porém, considerando a forma como as mulheres eram tratadas naquela época, eu acho que não daria muito certo, não. Melhor ficar nesse século e continuar com a minha operação "Vou encontrar um namorado", aliás, preciso melhorar o nome dela.

O plano B pode demorar mais do que eu imaginei, mas não posso desistir. Sempre que tenho um tempinho vou direto para o aplicativo e, como havia pensado quando criei a lista, entro em mais uns cinco. Não é possível que eu não encontre ninguém interessante em cinco aplicativos. Só espero que ninguém olhe meu celular, porque vão pensar que eu estou desesperada, o que é verdade, mas ninguém precisa saber disso.

A semana se arrasta, eu consigo alguns matches, começo algumas conversas, mas eu sou pior nisso do que eu imaginava, eu tenho sérios problemas para manter o papo interessante e os caras acabam sumindo. Será que devo procurar um personal-encontros? Personal-paquera? Personal, como eu mantenho o papo no aplicativo de relacionamento interessante? Isso pode entrar no plano D, quem sabe? Esse plano está cada vez mais perto de se tornar realidade mesmo.

E quando chega o fim de semana e eu não arrumei nenhum encontro nos aplicativos, vejo que é hora de ressuscitar o plano A: a balada. Como o relacionamento da Samantha com o Leandro sobreviveu à primeira semana, ela obviamente não vai comigo "caçar", e eu simplesmente odeio ir para a balada sozinha, afinal, quem vai para a balada sozinha? Estou sentindo uma falta enorme do Marcelo, mas ele simplesmente não retorna minhas mensagens, então vou ter que encarar essa *All by myself* mesmo.

Eu me arrumo toda e pego um táxi para um clube perto de casa, tinha considerado um barzinho, mas um barzinho sozinha é mais triste do que uma balada sozinha.

Respiro fundo, tomo coragem e entro no lugar, fingindo estar procurando alguém e não consigo afastar a sensação de estar sendo ridícula. Vou até o banheiro e passo um tempo considerável lá, tentando tomar coragem de voltar para a pista e torcendo para que, de repente, eu encontre alguém conhecido. Afinal eu conheço tanta gente, não é possível que ninguém resolva vir para essa balada hoje.

Volto para a pista, mas me sinto estranha parada lá no meio e resolvo dar um tempo no bar, beber alguma coisa, até porque é o local perfeito para uma pessoa sozinha e facilita para os caras chegarem e puxarem papo.

Assim que me sento já fico de olho no barman, que é um gato, mas com tantas pessoas em volta e com tanto trabalho para fazer, o máximo de atenção que ele me dá é o suficiente para pegar o meu pedido e trazer a minha bebida.

Dou um suspiro triste, mas resolvo não deixar a peteca cair, tem tanta gente nesse lugar, está na hora de começar a olhar em volta e é justamente quando faço isso que eu vejo o Marcelo do outro lado do bar.

Estou prestes a me levantar e ir falar com ele, cobrar satisfações, é claro, afinal ele me largou e sumiu do nada, mas então ele vira para o lado e vejo que está acompanhado pela Bruna, sim, aquela Bruna. Eu não consigo acreditar que, além de sumir da minha vida sem motivo, viver me evitando, ele está logo com ela, sorrindo, feliz. Eu sinto raiva, mas tem um outro sentimento acompanhando a raiva, um sentimento que eu tento reprimir há muito tempo: ciúme. E é assim que o Marcelo consegue acabar com a minha noite.

Vou para casa e mais uma vez cheguei a uma da manhã, me sentindo mais sozinha do que nunca. Não consigo arrumar um namorado, perdi meu melhor amigo sem nem saber o porquê e, o pior, acho que estou me apaixonando por ele de novo. Precisa de outro motivo para passar o domingo todo em casa sem querer ver ninguém? Acho que não.

Ligo para os meus pais e digo que não estou me sentindo bem, eles ficam chateados, é claro, já que estavam viajando e não nos vemos há um tempo. Apesar de me sentir um pouco culpada, eu realmente sinto que preciso ficar sozinha, então, prometo que vou vê-los na próxima semana e passo o domingo jogada no sofá assistindo a nada na TV.

# Capítulo 8

Na segunda-feira, a cobra da Bruna não se aguenta e conta praticamente para a agência toda como foi o final de semana maravilhoso que ela passou com o Marcelo. Claro que ela sabe que nós somos (ou éramos) melhores amigos e faz questão de compartilhar seus momentos com quem estiver mais próximo toda vez que sabe que estou a uma distância mínima para ouvi-la. Eu tento não me abalar, mas a traição do Marcelo machuca, ainda mais do que toda a solidão que tenho sentido ultimamente.

Também não consigo deixar de sentir uma certa satisfação, pois conhecendo o Marcelo como eu conheço, ela vai levar um pé na bunda já, já e toda essa arrogância vai para o chinelo.

Na segunda à noite, ele não aguenta e me manda uma mensagem de texto:

**Te vi no clube no sábado, por que não veio falar comigo antes de ir embora? Estou com saudades.**

Ele só podia estar de brincadeira comigo. Ele me largou, sumiu, não atendeu minhas ligações, não retornou minhas mensagens e ainda saiu com alguém que ele cansou de me ouvir reclamar sobre e agora me vem com essa? Está certo que a parte da saudade quase me balançou (quase), mas não vou dar o braço a torcer para ele agora, então só apago a mensagem e finjo que não vi.

Em vez de ficar pensando nele, volto para um de meus aplicativos de encontro e continuo procurando alguém interessante. Eu não admitiria isso para ninguém, mas é meio que viciante ficar nesses aplicativos, você vai passando, passando e quando vê já se foram umas duas horas. Quando ninguém por quem você se interessa te curte de volta porém, dá uma sensação bem ruim, afinal, nem por um aplicativo eu consigo ser interessante? Qual é?

Na quarta, já estou bem desanimada, quase desistindo do plano B quando dou match com um cara chamado Matheus, que parece interessante (pelo menos parece) e ele já puxa papo comigo. Por incrível que pareça, passamos dos dois minutos de conversa (meu recorde) e continuamos assim durante todo o resto da semana, combinando de nos encontrar no sábado.

Óbvio que eu passo toda a semana na maior ansiedade e expectativa, tudo bem que ele não é nenhum deus grego, nem o mais inteligente, nem engraçado, nem o Marcelo (por que eu estou pensando no Marcelo de novo mesmo?), mas não custa tentar, né?

Quando, finalmente, o sábado chega não consigo me segurar de tanta ansiedade, ando pelo meu apartamento o dia todo, tento correr, limpar a casa, fazer yoga, meditação, dança, mas o dia parece passar em câmera lenta. Até que chega um horário considerado decente para eu começar a me arrumar, umas quatro horas antes (tá, exagero, normalmente me arrumo uma ou duas horas antes, no máximo, mas a ansiedade está falando muito alto hoje).

Quando chego ao restaurante combinado estou ainda nervosa, porém me sentindo bonita e confiante. Ele não havia chegado ainda, mas tinha feito questão de reservar uma daquelas mesas com sofá, eu adorei porque amo essas mesas e fiquei ainda mais feliz que ele não tinha chegado, deixando o sofá para mim e o colocando na cadeira em frente (óbvio que ele não se sentaria no sofá comigo no primeiro encontro, não é?).

Eu estou olhando para a porta (pois não aguento de ansiedade) quando o vejo entrar, trocar umas palavras com a hostess e caminhar em minha direção. De cara, eu o acho muito bonito e arrumado. Meu coração dá um pulo, mas se espatifa no chão quando eu sinto o seu perfume fortíssimo e dá uma cambalhota (meu coração, não ele) quando ele me empurra para se sentar comigo no sofá, colocando a mão por cima do estofado, me deixando muito desconfortável, tanto que eu resolvo sair e sentar na cadeira de frente, o que não o agrada muito.

— Onde você vai, gata? (Gata? Ele nunca me chamou de gata nas conversas por mensagem).

— Vou me sentar aqui na cadeira, de frente, para podermos conversar melhor, olhar nos olhos (poder ficar longe do seu perfume).

— Bem, você que sabe, eu adoro esses sofás, então, melhor pra mim.

Caraca, onde estava o cara legal do aplicativo? Eu estava decepcionada, mas resolvi dar mais uma chance, afinal ele não era assim nas nossas conversas, ou era?

— Então — ele começou. — O que você faz mesmo?

Ok, ele está me perguntando algo que já falamos antes. Ou ele não prestou atenção ou está sem graça como eu e não sabe sobre o que conversar. Vou ficar com a segunda opção, por enquanto.

— Sou publicitária, trabalho como redatora em uma agência.

— Legal.

— E você?

— Eu te disse já e está no meu perfil, sou contador. Você não prestou atenção? — respondeu ele bravo.

Só pode ser brincadeira.

— Eu, eu, também te falei isso antes. Achei que estávamos tentando começar uma conversa.

— Tudo bem, está perdoada dessa vez, mas só porque você é gata — diz ele com uma piscadinha.

Isso não está acontecendo.

Depois de algumas tentativas de conversa, o garçom chega para pegar nossos pedidos, eu sinto uma súbita vontade de pedir para ir embora, naquele instante, mas respiro e peço uma massa. Enquanto meu acompanhante resolve pedir uma carne com bastante cebola (quem pede cebola no primeiro encontro, pelo amor de Deus?). O garçom me olha com um ar de solidariedade e sai para levar os pedidos na cozinha.

Nós continuamos tentando conversar, o que é totalmente embaraçoso, porque claramente a conversa não está fluindo e ele me olha de um jeito estranho, não sei como resolvi sair com esse cara.

Quando a comida chega dou um suspiro de alívio, pois não precisaremos conversar por algum tempo pelo menos. Eu que costumo comer rápido, vou precisar me esforçar muito para fazer isso bem devagar e jogar esse tempo fora. Na verdade, quero engolir a comida e sair o mais rápido possível e não olhar na cara dele nunca mais.

No final, comer devagar não foi o problema, conseguir comer qualquer coisa foi difícil, já que ele comia de boca aberta e tentando falar ao mesmo tempo. Tudo o que ele tinha guardado, antes da comida chegar, começou a sair assim que ele deu a primeira garfada e, apesar de ser horrível compartilhar isso, não eram só palavras que saíam dali. Eu já estava enjoada e não conseguia comer, nem olhar para ele, o máximo que eu respondia era "sim", "não" e "aham".

O suplício do jantar finalmente terminou, apesar de ele ainda sugerir uma sobremesa quando o que eu mais queria era ir para casa tomar um antiácido.

— Então, na sua casa ou na minha?

Ele não poderia estar falando sério, ele acha que eu iria a algum lugar com ele depois daquele desastre de encontro? E com essa "cantadinha" barata ainda por cima?

— Desculpe, tenho que acordar cedo amanhã, vou trabalhar.

— Amanhã é domingo.

— Pois é, vida louca de quem trabalha em agência, nunca sabemos quando teremos que trabalhar (mentira, na minha agência nunca trabalhávamos no fim de semana).

— Tá bom, mas vamos marcar outro encontro logo.

— Claro (daqui um milhão de anos, quem sabe).

Depois de dividirmos a conta (claro que ele me fez dividir a conta), eu me esquivei de um beijo que não sei de onde vinha, dei um espirro por causa do perfume e com um aperto de mão corri em direção a um táxi pedindo para sair dali o mais rápido possível.

Mas eu não estava a fim de deixar a noite acabar em um desastre total, eu tinha me preparado para aquela noite, me arrumado, perfumado, não era justo deixar um completo sem noção desperdiçar tudo isso.

Tinha visto, no grupo da agência, que um pessoal tinha combinado de se encontrar em uma balada ali perto e mesmo nunca tendo saído com eles antes resolvi me arriscar, afinal se eu queria arrumar um namorado precisava mudar algumas coisas, sair com pessoas diferentes, não é verdade?

Pedi para o motorista do táxi rumar para lá e pedi para ele passar na farmácia para que eu pudesse comprar um remédio para enjoo, porque os efeitos do jantar ainda não tinham sido esquecidos pelo meu estômago, coitado.

Quando eu cheguei à balada todo mundo ficou muito surpreso com a minha presença. Eu me dava bem com todo mundo, a gente conversava bastante na agência, mas como já disse, nunca tínhamos saído juntos, ao não ser nas comemorações de final de ano e agora eu me perguntava o porquê disso.

Eram todos legais, simpáticos, muitos eram solteiros (o que significa companhia para sair) e volta e meia me chamavam para fazer alguma coisa, mas eu nunca ia e não sabia o porquê, até de repente me dar conta: o Marcelo. Nós estávamos sempre juntos, saíamos sempre juntos e dificilmente para baladas, que nunca foram nossos lugares favoritos.

Resolvi varrer os pensamentos no Marcelo para longe e me divertir com a galera. Depois de um tempo, a Adriana, diretora de arte do trabalho, veio me apresentar um amigo que dizia ela, estava de olho em mim desde que cheguei. O nome dele era Bruno, tinha vinte e cinco anos e era um jovem empresário que estava começando sua startup.

Logo de cara eu o achei bonito e interessante, não sei como não tinha reparado nele antes, começamos a dançar e conversar. Ele parecia ter bebido um pouco já e se aproximava demais em alguns momentos, o que me deixava um pouco desconfortável, mas eu estava em uma balada. O clima era propenso, eu não ficava com ninguém há muito tempo, ele era bonito e acabei deixando-o se aproximar e começamos a nos beijar. Em questão de segundos, uma espécie temida por muitas mulheres se apossou daquela pessoa: o homem-polvo. Era mão pra tudo quanto é lado, enquanto eu tirava a mão de um lugar ele colocava em outro, parecia que tinha uns oito braços, quando eu vi que não dava mais me afastei do beijo e o empurrei, já contrariada:

— Calma, pra que tanta mão, meu filho?

— Que foi, você não tá curtindo não?

— Não, não curto que fique passando a mão em mim não.

— Desculpa, não vai acontecer de novo. Vem cá.

Resolvi dar uma segunda chance e nos beijamos de novo, mas o homem-polvo atacou de novo e mais uma vez tive que empurrá-lo. Eu já estava ensandecida, mas depois do primeiro encontro terrível que tinha tido não estava a fim de confusão, respirei fundo e só falei:

— Olha, Bruno, você até que é um cara legal, mas talvez a bebida tenha libertado o homem-polvo e eu não gosto nem um pouco dele, então é melhor a gente parar por aqui.

— Homem-polvo, do que você tá falando?

Peguei as mãos dele e mostrei.

— Eu fiz de novo, não fiz?

— Fez sim.

— Desculpa.

— Tudo bem, mas não vai rolar, vamos voltar para os nossos amigos e curtir a noite, tá?

— Tá bom.

Ele fez uma cara de tristeza que durou meio segundo, deu de ombros e rumou para o bar, enquanto eu voltava para perto do pessoal da agência. A Adriana logo veio me perguntar:

—O que aconteceu ali, parecia que vocês estavam brigando?

— Ele libertou o homem-polvo.

— O homem o quê?

Expliquei a história toda para ela, que contou para a rodinha e o apelido do coitado do Bruno virou homem-polvo por bastante tempo entre os amigos dele.

Eu passei o resto da noite com a galera, curtindo a balada e me divertindo como não fazia há muito tempo.

# Capítulo 9

Acordei no outro dia pensando nos desastres amorosos que eu tinha vivido na noite anterior, mas em vez de me sentir triste ou desanimada, comecei a rir como uma louca toda vez que lembrava o que tinha acontecido. Afinal, não dava para negar que tinha sido muito engraçado.

Resolvi aproveitar o domingo gostoso e meu repentino bom humor e fui visitar meus pais e meus irmãos mais velhos. Como não estava a fim de dirigir, peguei um trem e um ônibus para ir até nossa casa. No caminho, quase caí na tentação de voltar para um dos aplicativos, mas tinha decidido dar um tempo disso tudo e resolvi mandar mensagens para alguns amigos e colocar o papo em dia.

Enquanto passava os olhos pela minha lista de contatos, o nome do Marcelo apareceu, claro, afinal, a gente costumava se falar todos os dias, pelo menos três vezes por dia. Ele era a primeira pessoa para quem eu mandava as piadas, os memes, as notícias, as mensagens alegres, tristes e as que tinham muita raiva também, normalmente com o nome da Bruna envolvido. Senti uma ponta de tristeza ao olhar o nome dele, mas não queria que nada atrapalhasse meu dia.

Continuei a mandar mensagens aleatórias de bom-dia para várias pessoas até chegar a duas grandes amigas da faculdade: a Jessica e a Giovanna. A Jessica trabalhava no marketing de um grande banco, já estava casada há uns dois anos agora e, com a correria do dia a dia, quase não conseguíamos nos encontrar. E a Giovanna tinha se mudado para Recife depois da faculdade, tinha seu próprio negócio e já estava noiva há um ano.

Coincidentemente, a Giovanna viria passar uns dias de férias aqui em São Paulo e não podíamos deixar a oportunidade passar, por isso nós três marcamos de nos encontrar, quando ela chegasse em duas semanas. O que seria ótimo, pois eu estava morrendo de saudade delas e seria muito bom espairecer um pouco.

Por sorte, ninguém tocou no nome do Marcelo e resolvi deixar por isso mesmo, afinal, elas não precisavam saber da nossa briga e nem da minha tentativa desesperada de desencalhar.

Chegar à minha casa e encontrar minha família reunida me deu uma sensação ainda melhor e eu vi que era tudo do que eu precisava, o aconchego de casa, da família.

Meus pais formavam um casal aposentado e muito ativo, não paravam nunca. Meu pai, José, estava agora com setenta anos e havia trabalhado grande parte da vida como vendedor e ele era um ótimo profissional. Talvez uma parte de seu talento tenha vindo para a publicitária aqui, de uma forma ou de outra.

Já minha mãe, Luíza, tinha deixado de trabalhar

quando se casou e passado a vida como dona de casa, agora que estava com sessenta anos queria descansar, mas a presença do meu pai em casa vinte e quatro horas por dia, às vezes, a deixava louca. Eles brigavam muito, mas tinha certeza de que se amavam igualmente.

Eu sabia que para os dois, principalmente para minha mãe, não era fácil olhar para aquela casa vazia todos os dias. Eles tinham se acostumado a ter os filhos em casa o tempo todo e agora que os três haviam se mudado era difícil conviver apenas um com o outro naquela casa enorme.

Meu irmão mais velho, Henrique, tem trinta e quatro anos, é advogado e casado com a Marina, uma jornalista que, apesar de todo o ciúme inicial (afinal, ele era meu irmãozinho ou "irmãozão"), é como mais uma irmã para mim.

Minha mãe não aceitou tão fácil o casamento, era o filhinho da mamãe saindo de casa, mas depois de um tempo ela começou a aceitá-la melhor e a Marina virou parte integrante da família. Hoje, eles têm um bebê, a Fernanda, que tem três anos e é o amorzinho da minha vida.

Minha outra irmã se chama Patrícia e tem trinta e dois anos. Ela é casada com o Rodrigo e os dois têm um pub juntos que faz muito sucesso. Minha irmã é mestre cervejeira e entende tudo de cerveja, por isso resolveram abrir o pub. Está sempre cheio e vende marcas do mundo todo. Nenhum dos dois quer ter filhos, então isso deixa a Fernandinha como a única princesinha da casa, talvez eternamente, porque os pais dela também não pretendem ter mais filhos e eu, bem, se conseguir vencer o status de encalhada, também não tenho esse plano.

Enquanto ajudo minha mãe a fazer o almoço, no meio de toda aquela algazarra da família reunida, vejo o quanto ela está feliz, um pouco louca também, é claro. Minha mãe sempre odiou cozinhar, ainda mais para um monte de gente como ela diz. E eu? Bem, sou um desastre na cozinha.

Com as duas cozinhando juntas terminamos com uma bagunça enorme na cozinha, a pia cheia de louça, que vai ficar para os homens da casa depois do almoço (lógico), mas uma comida deliciosa esperando por todos na mesa. Deliciosa na minha opinião, claro, porque minha irmã reclama que está faltando tempero, meu cunhado já diz que está sem sal e pronto, a algazarra está de volta. Afinal, um almoço tranquilo e silencioso nunca fez parte da minha família.

Quase no final do almoço, quando eu acho que, pela primeira vez, vou passar impune às perguntas e piadinhas sobre o meu estado civil, minha mãe vem com a pergunta mais esperada do dia:

— Letícia, quando você vai trazer um namorado para a gente conhecer?

— Tava demorando. Quando eu tiver um, mãe — respondi, já revirando os olhos.

— Mas você já tem quase trinta, minha filha, não é

possível que você nunca tenha namorado. Faz tempo que quero perguntar uma coisa para você.

Olhei para minha mãe esperando o que vinha pela frente, imaginei que outra vez ela me perguntaria sobre o Marcelo, como já tinha feito várias vezes. Como a gente não se desgrudava, era comum todo mundo pensar que éramos namorados, principalmente entre meus familiares. Infelizmente para mim, não era o que rolava.

— Letícia — Minha mãe começou parecendo bastante constrangida, o que não era normal. — Você gosta de meninas?

Foi a primeira vez que vi uma engasgada coletiva, todo mundo na mesa tossindo ao mesmo tempo, menos a Nandinha, que olhou confusa para todos e em sua inocência, respondeu:

— Claro que ela gosta de meninas, vovó, ela gosta de mim e eu sou menina.

Não consegui segurar o riso e minha mãe me olhou chocada, meu pai estava ainda mais chocado do que ela, mas não comigo, nem com a Nandinha, mas com a minha mãe.

— De onde saiu essa pergunta, Luíza?

— Eu só quero que ela saiba que nós a amamos e que vamos aceitá-la de qualquer forma, desde que ela seja feliz.

Aquilo me deixou muito tocada, mas era melhor esclarecer os fatos de uma vez.

— Não mãe, eu não gosto de meninas. — Vi a cara

de mágoa da Nandinha se formando e tive que responder rápido, afinal, a pobrezinha não estava entendendo nada daquela conversa. — Só de você, Nandinha. — Ela sorriu e eu virei para minha mãe para continuar. — Não teria nada de errado se eu gostasse e sei que vocês me amariam da mesma forma, mas não é o caso.

Minha mãe sorriu e pegou na minha mão. Meu cunhado, tentando amenizar o clima, resolveu soltar a piada habitual:

— Ela gosta do Marcelo, mas acho que ele não dá bola pra ela.

Eu sabia que ele estava brincando, mas ouvir aquilo causou uma dor maior do que eu queria admitir e o Rodrigo, coitado, não fazia ideia do quão certo ele estava no final das contas.

Recompus meu rosto, antes que alguém percebesse o quanto aquilo tinha me magoado e tentei colocar um pouco de graça na resposta que todos estavam esperando.

— Que Marcelo, o quê. Não quero nada com ele, não. Só sou a velha encalhada de sempre, com um azar imenso no amor e que não ganha nem na loteria para compensar.

— Deveria ganhar. Qual é o ditado mesmo? “Sorte no jogo, azar no amor” — disse meu irmão.

— Meu ditado está mais para “azar no jogo, azar no amor, sorte no azar”.

E como minha mãe não poderia deixar passar,

soltou a última pérola que todo encalhado ouve várias vezes na vida:

— O filho da Helena continua solteiro, ela sempre fala que queria você como nora.

— Ai, mãe, nem começa com essa história de novo.

Depois daquilo todo mundo esqueceu a conversa, continuamos falando sobre a vida, o trabalho, rimos muito, brigamos por meia hora com os meninos até eles aceitarem lavar a louça e o resto do dia passou voando.

Voltando para casa, eu percebi o quanto sentia falta da minha família e o quanto eu precisava visitá-los mais vezes, enquanto pensava tudo isso recebi uma mensagem da Samantha, me contando que estava namorando com o Leandro e que queria marcar um encontro para nos conhecermos melhor e com uma piscadinha ela terminou a mensagem dizendo que eu deveria me arrumar bem, pois ela tinha uma surpresa para mim.

# Capítulo 10

Passei a semana apreensiva, imaginando qual surpresa era essa que a Samantha e o Leandro tinham para mim. Claro que eu imaginava que era o plano C, o temido encontro às escuras.

Eu não sei porque, mas eu odiava a ideia de encontro às escuras armado pelos amigos, ainda mais do que odiava o encontro combinado pelo aplicativo. Tudo começava quando a pessoa vinha dizendo que tinha um amigo, irmão, primo, enfim, que era perfeito para você. Quanto mais próximo o pretendente era de quem estava armando a arapuca, pior. Como você vai dizer para sua amiga que o irmão dela é feio? Não dá, não é?

Se você for encontrar a pessoa sozinha ainda dá para aguentar um tempo, conversar e depois ir embora e dar um jeito daquilo nunca mais acontecer (se eu consegui com o Matheus, consigo com qualquer um). No entanto, esses encontros normalmente acontecem com a presença da pessoa que arrumou tudo e seu respectivo par (afinal, quase todo mundo que está amando quer ver seus amigos amando também, de preferência com pessoas do mesmo círculo de amizade para que vocês possam sair todos juntos. Seria o sonho?). E a pressão para que role alguma coisa é inevitável, você se sente super sem graça e pressionada e eles não vão parar de te pressionar no final da noite. Isso vai acontecer de novo e de novo, para que vocês saiam, depois para que namorem, casem, tenham filhos, etc., etc.

Claro que estou exagerando um pouco, mas não deixa de ser verdade. Muitas pessoas se conhecem dessa forma, muitos casais se formam assim e é muito legal quando acontece, mas quer uma dica? Se você quiser juntar dois amigos, apresente-os em lugares neutros, em uma festa, por exemplo, e deixe que eles se entendam, sem colocar pressão, é muito melhor para os pombinhos, acreditem.

Por falar em pressão, além da mensagem que me mandou quando me chamou para sair, a Samantha já começou o sábado querendo saber que roupa eu iria vestir, me pedindo fotos e se oferecendo para ir à minha casa me ajudar a me arrumar, mais pressão que isso impossível.

Ela não falava nem sob tortura qual era a tal surpresa, mas com certeza ela não estava me pedindo para me arrumar toda para impressionar o namorado dela, não é mesmo? E ainda tinha essa parte, eu iria me encontrar com o cara por quem eu tive uma queda de mais de uma hora na noite em que nos conhecemos e fez meu primeiro dia de "caçada" um verdadeiro fiasco. Que o diga meu sofá, que ainda tinha as marcas do sorvete daquela noite.

Dispensei a ajuda da Samantha dizendo que teria que trabalhar e que não teria muito tempo para me arrumar. Com ela na minha casa eu ficaria doida com certeza, mas não deixei de passar o dia ansiosa.

Eu me arrumei bem e fui para o local do encontro, um barzinho perto de casa. O bom de morar próximo à Avenida Paulista era a quantidade de lugares ao redor para curtir, tanto na parte cultural, quanto esportiva e, principalmente, no quesito bons restaurantes, baladas e barzinhos.

O lugar escolhido pela Samantha era um barzinho bem aconchegante que eu já tinha ido algumas vezes com o Marcelo. Só de pensar nele já batia a tristeza, mas levantei o rosto, coloquei um sorriso na cara e fui ver o que me esperava.

Como o lugar não era muito grande, não foi difícil encontrar a Samantha e o Leandro e eles estavam sozinhos. Talvez, eu tenha exagerado e ela tenha pedido pra me arrumar, porque era uma ocasião especial. Será que ele a tinha pedido em casamento? Não, era muito cedo ainda, mas vai saber.

Aproximei-me dos dois, a Samantha me viu e levantou para me dar um abraço. Ela estava linda, com um vestido curtíssimo que ressaltava suas curvas e pelo jeito tinha aprovado meu look:

— Lê, eu tava com medo que você desistisse. Você tá linda, não precisava mesmo da minha ajuda. Esse é o Leandro.

Quando ele se levantou e esticou a mão para me cumprimentar, me lembrei de como ele era lindo. Apertei sua mão e quase me perdi naqueles olhos e naquele aperto suave, foi quando me dei conta que ele era namorado da minha amiga, que estava parada bem ao meu lado e soltei a mão dele. Sorte que isso durou uns dois segundos e ninguém percebeu nada, mas me sentei me recriminando por cobiçar o namorado da Samantha, mesmo que, tecnicamente, eu o tenha visto primeiro.

Conversamos por uns dez minutos e agradeci aos céus quando comecei a me sentir relaxada perto dele e parei de cobiçá-lo. Tudo bem que ele não era só bonito, mas também muito inteligente e simpático, apesar de um pouco tímido, mas eles eram tão fofos juntos e pareciam tão apaixonados que comecei a enxergá-lo de outra forma e estava claro que nos daríamos muito bem como amigos.

Quando eu já estava bem relaxada e já tinha esquecido a história da surpresa, a Samantha olhou para a porta, sorriu e falou:

— Finalmente, sua surpresa chegou.

Acompanhei os olhos dela e vi uma cópia idêntica do Leandro entrando no bar e vindo em nossa direção, ele parou ao meu lado na mesa e falou, com um sorriso maravilhoso:

— Me desculpem, fiquei preso no trânsito.

— Imagina, cheguei há pouco tempo também — respondi, agradecendo silenciosamente aos céus por finalmente atenderem o meu pedido.

O deus grego se sentou ao meu lado e no decorrer da conversa descobri que, obviamente, ele era irmão gêmeo do Leandro e se chamava Leonardo e eles tinham vinte e oito anos de idade. O Léo era arquiteto e o Leandro, professor universitário. Eu, claro, não deixei a piada de lado e perguntei se eles já tinham pensando em criar uma dupla sertaneja e eles responderam que na infância cantavam de brincadeira na escola as músicas da dupla famosa (se ele ainda soubesse cantar, eu me apaixonaria).

Conversamos durante muito tempo, rimos muito e ele era simplesmente incrível. Depois de um tempo, a Samantha pediu que eu a acompanhasse até o banheiro, sabia que ela estava louca de curiosidade para saber o que eu tinha achado do Léo.

— E aí, me fala. O que você achou da surpresa?

Eu nem sabia o que falar, então dei um abraço apertado para mostrar o tamanho da minha alegria e da minha gratidão naquele momento. Quando outras mulheres entraram no banheiro e nos olharam com uma cara estranha, eu soltei a Samantha e achei melhor responder com palavras.

— O que eu achei? Eu amei, ele é incrível.

— Sabia que você ia gostar, ele é tão lindo quanto o Le, mas muito mais extrovertido, o que é ótimo para você que precisa de alguém pra te levantar e te tirar da toca.

— Não poderia concordar mais.

Voltamos para a mesa e, depois de dez minutos, a incansável Samantha disse que estava cansada e chamou o Leandro para ir embora, mas foi bem incisiva quando disse que nós dois deveríamos ficar e nos conhecer melhor, não que ela precisasse falar alguma coisa.

No final, foi o encontro mais divertido que eu tive na vida. O Léo era engraçado, divertido e gostava das mesmas coisas que eu. Ele me lembrava muito de alguém que eu queria colocar lá no fundo da minha mente, principalmente agora.

Quando olhei no relógio já eram três da manhã e o bar já estava para fechar. Como eu morava a apenas três quarteirões de distância, o Léo se ofereceu para me acompanhar até em casa e fomos caminhando. São Paulo não é o local mais seguro, mas aquela região é sempre cheia nos sábados de madrugada.

Como estava um pouco frio naquele horário e eu só usava um vestido, ele ofereceu sua jaqueta e a colocou nos meus ombros. Senti-me em um filme de Hollywood. Depois ele pegou minha mão e continuamos caminhando até meu prédio de mãos dadas.

Paramos na frente do portão, ainda de mãos dadas, e ele se aproximou do meu rosto com cuidado, indo até a metade do caminho, olhando em meus olhos e esperando minha resposta. Eu fiquei hipnotizada com aqueles olhos e então, sem pensar em mais nada percorri meu caminho até seus lábios e nos beijamos até ficarmos sem fôlego.

Depois de um tempo ele se despediu e pegou um táxi para sua casa, eu entrei no prédio em uma nuvem e nem o fato do elevador estar quebrado e eu ter que subir dez andares de escada me fez ficar de mau humor.

Dormi como um anjo com um sorriso no rosto. Sonhei que beijava o Léo, mas quando nos distanciávamos e eu abria os olhos, era o Marcelo que estava na minha frente. Acordei brava que o Marcelo não me deixava em paz e aparecia até em meus sonhos agora, mas a sensação só durou uns segundos. Porque olhei no celular e lá estava uma mensagem do Léo, me convidando para passar um dia juntos no parque. Respondi com um sim, tomei café da manhã e fui me arrumar para me encontrar com ele.

Foi um dia maravilhoso de sol e em ótima companhia, eu estava muito feliz de ter conhecido o Léo e não conseguia suprimir a esperança de, finalmente, ter encontrado meu príncipe. Porém prometi para mim mesma que iria com calma, para não correr o risco de colocar tudo a perder com a minha ansiedade, como já tinha feito várias vezes antes.

O domingo passou bem rápido, mas a semana já estava começando muito boa, com as mensagens do Léo e o jantar que tinha combinado com a Jessica e a Giovanna para aquela semana.

# Capítulo 11

Depois de alguns dias tentando encaixar um encontro em nossas agendas atribuladas, porque, mesmo a Giovanna estando de férias, tinha uma galera enorme para ela encontrar por aqui e eu e a Jessica estávamos trabalhando muito durante aqueles dias. Finalmente conseguimos marcar um jantar para aquela quinta-feira e eu passei a semana ansiosa para rever as minhas amigas. O Léo também estava trabalhando muito e um encontro seria impossível, então passamos a semana só nos falando por mensagens.

Acordei naquela quinta "naqueles dias", com uma cólica tremenda e uma vontade imensa de ficar na cama, o que era totalmente impossível, já que eu tinha um trabalho com um prazo curtíssimo e um cliente chatérrimo que já tinha pedido milhões de alterações e eu tinha que terminar tudo a tempo de sair para jantar com as meninas.

O dia na agência não foi nada fácil, além de estar com um monstro maluco no meu útero chamado cólica, ainda tive que aguentar a Bruna que, justamente naquele dia, havia assumido a conta do cliente chatérrimo, já que a Luana tinha acabado de entrar de férias.

A Lei de Murphy só podia estar de palhaçada comigo, além de aguentar o cliente mala eu teria que trabalhar com a Bruna que era mais mala ainda e que queria, sabe lá

Deus porque, puxar o meu tapete a qualquer custo.

Logo no início da manhã ela já tinha vindo falar comigo para avisar que agora era a responsável pela conta, o que não deixou apenas a mim com raiva, mas a toda a equipe que atendia esse cliente. Afinal, ela era uma mala sem alça, daquelas que cai no meio do saguão do aeroporto e abre mostrando todas as suas peças íntimas para os estranhos.

Para minha sorte, eu não era a única a pensar isso, ninguém na agência gostava dela. Para meu azar, a única pessoa que me interessava mais que a odiasse era o Marcelo e, surpreendentemente, contrariando todas as possibilidades, eles ainda estavam juntos. Algo que ela fez questão de esfregar na minha cara assim que teve a oportunidade.

Era uma informação bem difícil de engolir, afinal ele nunca passava muito tempo com ninguém, por que seria justamente ela a escolhida? Já havia passado quase um mês desde que eu os vi naquele dia no clube, desde que eu o vi pela última vez.

Como eu não estava acreditando, assim que pude fiz algo que detesto, fui olhar nas redes sociais deles para confirmar. O Marcelo, sempre discreto, não tinha nada em nenhum de seus perfis que lembrasse remotamente algum relacionamento, muito menos com a Bruna. Sua última foto postada, no entanto, fez meu coração afundar no peito, era uma foto nossa no restaurante, no dia em que brigamos. Eu sentia muito a falta dele, mas essa traição não poderia ser facilmente perdoada.

Engoli o choro e fui olhar no perfil da Bruna e a exibicionista, que postava foto até escovando os dentes, não perderia a chance de se gabar de estar com um cara como o Marcelo e lá estavam eles, juntos, em uma foto postada no sábado à noite.

Doía vê-los juntos, principalmente porque eu não entendia o que tinha acontecido com o Marcelo. Por que ele tinha saído do restaurante daquele jeito; por que tinha parado de me responder; por que estava saindo com alguém que eu odiava? Eram muitas perguntas, mas eu não tinha nem tempo para tentar respondê-las de tanto trabalho que eu tive naquele dia.

Obviamente trabalhar com a Bruna não seria nada fácil, ela colocava defeito em todas as peças da campanha que criávamos e dizia que o cliente, que ela havia acabado de conhecer, não iria gostar de nada.

Apesar de ter tido um dia muito exaustivo, eu estava feliz quando saí da agência, bem atrasada diga-se de passagem, para encontrar com as meninas que já me esperavam há mais de meia hora no restaurante. Ter marcado em um lugar super próximo ao trabalho não tinha ajudado em nada.

Porém, toda minha felicidade se esvaiu quando eu entrei no restaurante e encontrei o Marcelo, lindamente sentado entre elas. Foi um daqueles momentos em que você precisa pensar rapidamente e tomar uma decisão muito importante em milésimos de segundos. Eu tinha três opções:

Opção nº 1: Dar meia volta e ir embora enquanto ninguém tinha me visto e mandar uma mensagem dizendo que havia ficado presa no trabalho;

Opção nº 2: Já chegar brigando com o Marcelo por tudo que ele tinha feito e, principalmente, por estar ali atrapalhando minha noite com as MINHAS amigas;

Opção nº3: Fingir que estava tudo bem e aguentar a presença dele para poder curtir minha noite com as meninas.

Naquele milésimo de segundo eu ponderei as três opções, a primeira me faria ficar sei lá mais quanto tempo sem ver minhas amigas e Deus sabia o quanto eu precisava delas naquele momento. A segunda arruinaria completamente a noite, sem dúvidas, então respirei fundo e fui com a terceira opção, levantei a cabeça e caminhei lentamente até a mesa.

# Capítulo 12

O Marcelo foi o primeiro a me ver, ele estava lindo de morrer e parecia que seus olhos brilharam quando me viram. Meu coração respondeu como não fazia há muito tempo e eu não conseguia tirar os olhos dele. Quem era mais filho da mãe? Eu, meu coração ou o Marcelo? Não sei dizer.

Por sorte a Jessica olhou na direção em que ele olhava e veio correndo até mim como uma louca, do jeito que só ela poderia fazer e cortou o clima. Nunca fiquei tão agradecida por ela ser meio maluquinha.

Nós nos abraçamos demoradamente e depois foi a vez da Giovanna que eu não via há quase um ano. Eu já estava prestes a chorar e só tinha chegado há dois minutos. Quando terminei de abraçar a Gi, vi que o Marcelo tinha levantado, não fazia ideia de como cumprimentá-lo depois de tudo. Meu corpo não sabia se ouvia o coração e dava um abraço apertado ou a razão e nem olhava na cara dele. Fiquei no meio do caminho e só dei um beijo rápido na bochecha e me sentei, ele parecia bem desapontado.

Com toda a comoção do início da noite e tantas coisas para falar sobre a vida, as meninas não notaram de início que havia algo de errado com a gente. No entanto, depois de se esgotarem os assuntos sobre carreira, família, amigos, o noivado da Giovanna, os primeiros anos de casamento da

Jessica, por mais que tentasse evitar, eu sabia que uma hora o assunto acabaria se virando para nós: os últimos solteirões remanescentes do grupo e óbvio que a Jé não deixaria de zoar com a gente, coisa que ela fazia desde a faculdade.

— E aí, quando vocês vão assumir que são apaixonados um pelo outro e finalmente ficar juntos?

Ela disse em tom de brincadeira é claro, mas o clima já ficou instantaneamente mais pesado. Eu abri a boca para fazer alguma piada, mas o Marcelo foi mais rápido:

— Bom que você tocou no assunto, Jé, queria mesmo saber como vai o plano genial da Letícia em busca do príncipe encantado.

Ele falou de um jeito brincalhão, mas para mim, que o conhecia tão bem, não tinha como deixar passar aquele ressentimento na voz. Ele sorria, mas seu sorriso não chegava a seus olhos.

As meninas me olharam de um jeito confuso e a Gi logo perguntou:

— Plano, que plano?

Mais uma vez ele foi mais rápido que eu para responder.

— O quê? Ela não contou para vocês o plano infalível? Na verdade tem o plano A, B, C

E ele contou tudo para elas, uma coisa que era minha, que eu não queria compartilhar com mais ninguém. Eu sei que elas eram minhas amigas, mas eu não precisava contar tudo, eu tinha confiado cegamente nele e lá estava ele, colocando meu plano em detalhes, de uma forma debochada que fazia tudo parecer muito ridículo. Eu comecei a me sentir péssima, derrotada, pequena, principalmente porque as meninas estavam achando graça das minhas ideias. Até me lembrar de vê-lo com a Bruna e a raiva tomar conta de mim.

— Já acabou, Marcelo? Já contou tudo? Ah, não, faltou a parte em que você conta que está saindo com a Bruna.

As meninas se assustaram com meu tom e a Giovanna de cara lembrou-se de quem eu estava falando.

— A Bruna da agência? Aquela Bruna que você odeia e vive tentando te ferrar?

— Essa mesmo.

Antes que o Marcelo sequer tentasse falar algo para se defender, a Jessica já ficou revoltada.

— Marcelo, como você teve coragem? A Lê é sua amiga.

— Acho que ele não me vê mais assim. Desculpa, meninas, a noite foi maravilhosa e eu amei encontrar vocês, mas para mim já deu, preciso ir para casa. Amanhã tenho que acordar cedo para aguentar a megera da Bruna, que adivinha, Marcelo, agora cuida da conta da Lura. Quem sabe ela não consegue me fazer ser demitida, como ela sempre quis. Gi, vamos marcar outro dia antes de você ir embora, quem sabe só nós três dessa vez.

— Letícia, espera

Ouvi o Marcelo me chamar, mas saí correndo do

restaurante antes de dar a chance dele falar qualquer coisa. Depois as meninas me contaram que ele queria ir atrás de mim, mas elas o seguraram e pediram que ele me deixasse em paz. Claro que elas também não deixaram barato e deram a maior bronca pelo que ele tinha feito comigo. Sair logo com a minha arqui-inimiga, qual é?

Agradeci o apoio delas, mas não permiti que parassem de falar com ele por minha causa como elas queriam, afinal, todos éramos amigos há muito tempo e não seria justo com elas. Eu sabia que, apesar da raiva que elas estavam sentindo dele naquele momento, elas gostavam muito do Marcelo e eu não queria que eles brigassem. Elas prometeram que não parariam de falar com ele, mas que ele merecia um gelo, bem grande. Por isso, eu amava minhas amigas.

Já era tarde e eu estava com os olhos inchados de tanto chorar, mas depois de falar com as meninas pelo celular eu estava mais calma e tinha prometido que nos encontraríamos no final de semana para que eu explicasse tudo. Afinal, elas até agora não estavam entendendo nada da minha briga com o Marcelo.

O Léo tinha me mandando várias mensagens, mas eu simplesmente não estava no clima para conversar com ele. Pedi desculpas, disse que tinha tido um dia difícil e que precisava dormir.

Eu estava exausta, só queria tomar um banho e ir para cama, mas quando ouvi batidas na porta não fazia ideia de que meu dia estava longe de acabar.

# Capítulo 13

Como o porteiro não havia interfonado imaginei que fosse algum vizinho pedindo um copo de açúcar emprestado, ou sei lá o quê. Está certo que isso nunca tinha acontecido enquanto eu morava lá, e que, na verdade, eu nem ao menos conhecia meus vizinhos, mas vai saber, isso sempre acontece nos filmes.

Andei até a porta já amaldiçoando o infeliz que estava acabando com a minha paz, mas quando a abri dei de cara com o Marcelo. Fiquei surpresa e me perguntando como ele tinha entrado ali, para em seguida me lembrar que o porteiro estava cansado de olhar para a cara dele, que vivia na minha casa. Então, ele nem interfonava mais, só o deixava entrar e eu não imaginava que ele iria até lá, por isso nem havia pedido para que me avisasse se ele voltasse a aparecer.

Toda essa conversa louca durou segundos na minha cabeça e ele me olhava com expectativa e dúvida ao mesmo tempo.

— Marcelo, o que você tá fazendo aqui?

Eu mal tinha terminado a pergunta quando ele cruzou a porta e me deu um beijão daqueles, me pegando totalmente de surpresa. Enquanto ele me beijava eu só conseguia pensar em quanto tinha sonhado com aquilo e como havia imaginado que seria o beijo dele. Era muito melhor do que eu sempre pensei.

Nós nos beijamos até ficarmos sem ar e, enfim, ele me soltou. Eu devia estar com a maior cara de boba, porque ele abriu o sorriso presunçoso que só ele era capaz de dar e eu subitamente caí na real e lembrei-me de tudo o que tinha acontecido.

— Você tá louco? O que te deu? Acha que pode chegar aqui na minha casa depois de tudo e sair me beijando assim? — Quando falei isso vi que seu sorriso murchou e ele procurava palavras para se explicar.

— Me desculpa, Lê, eu cheguei aqui sem saber o que te falar e foi a primeira coisa que veio na minha cabeça.

Eu ainda estava sem jeito e sem ar, mas não ia deixá-lo se safar tão fácil, mesmo tendo acabado de me dar o melhor beijo da minha vida.

— Se era só isso que você tinha pra me falar, então, pode ir embora agora.

— Não, por favor, me deixa explicar tudo. Vamos conversar.

Eu já estava balançada e merecia ouvir uma explicação para o que tinha acontecido nos últimos dias, então dei um passo para o lado e o deixei entrar, fechando a porta atrás dele.

Ele se sentou no sofá da minha pequena sala e escolhi uma poltrona o mais distante possível. Depois daquele beijo tinha que manter a distância para clarear meus pensamentos e não me deixar levar pelo charme dele. Cruzei os braços, fazendo cara de durona (enquanto por dentro eu era uma manteiga já derretida) e esperei que ele começasse a se explicar.

— Lê, primeiro eu quero pedir desculpas. Eu tenho agido como um completo idiota, feito tudo errado e eu sei que eu te magoei muito.

Era difícil ouvir tudo isso e não correr para o abraço. Eu sentia muito a falta dele, mas tinha que me manter séria e no lugar, ele ainda não tinha se explicado e, no fundo, ainda tinha uma vozinha me lembrando de alguém chamado Leonardo, que tinha sido incrível para mim desde que nos conhecemos. Mas, eu precisava colocá-lo de lado por enquanto e me concentrar no Marcelo. Uma coisa de cada vez ou fico louca de vez.

— Muito bem, continua.

Já estava com vontade de chorar, então tive que disfarçar a voz que ameaçava me entregar. Eu não poderia ceder agora.

— Acho que é mais fácil, sendo redundante, começar do início, não é? Nós somos amigos há muito tempo e no começo era só assim que eu te via, como amiga, mas quanto mais fui te conhecendo, mais esse sentimento foi mudando em mim. Você sempre foi a primeira pessoa para quem eu queria contar tudo, a única pessoa que eu queria ver quando saía do trabalho, com quem eu queria passar meu tempo livre. Mas, quanto mais esse sentimento crescia, com mais medo eu ficava de te perder. Às vezes eu achava que você sentia algo por mim também, mas você nunca falou nada, então eu fui deixando passar e me contentando só em ficar perto. Eu morria de medo de você arrumar um namorado e eu perder as minhas chances, mas você nunca arrumava ninguém, eu também não e eu só ia levando, até aquele dia no restaurante quando você veio falar comigo sobre o seu plano. Eu fui egoísta, mesquinho e achava que ficar longe de você era o melhor, mas não foi. Então, um dia, em um bar, a Bruna apareceu e veio falar comigo e começou a dar em cima de mim. Talvez pela bebida, eu pensei que o ciúmes, ainda mais por ser ela, chamaria sua atenção, e então, eu tomei a pior decisão da minha vida e comecei a ficar com ela pra te atingir. Eu fui um idiota, me desculpa, eu só tomo decisões erradas mesmo, não sei se tomei a melhor decisão vindo aqui e te falando tudo, mas a essa altura, eu acho que já te perdi mesmo, até como amiga porque provavelmente você nem sente nada por mim.

Aquela enxurrada de informações mexeu comigo e me deixou completamente desnorteada.

— Uau, não sei nem o que te dizer.

— Não precisa dizer nada, eu vou embora.

— Não, espera. — Praticamente gritei e pulei para o lado dele no sofá. — Eu, eu sinto sim algo por você. Desde que a gente se conheceu e durante todos esses anos, mas eu pensei que você nunca olharia pra mim dessa forma, então sempre me contentei em ser sua amiga e ficar perto de você. Tudo o que você falou, sobre ser a primeira pessoa em todos os momentos, em todos os pensamentos, acontece o mesmo comigo e o medo insuportável de te perder também me fez ficar calada todo esse tempo.

— Então, parece que somos dois idiotas que perderam um tempo precioso.

Ele sorriu para mim, me olhando de forma intensa e foi se aproximando devagar.

— Acho que é hora de recuperarmos o tempo perdido.

Dizendo isso ele me beijou de novo, com muito mais suavidade e carinho do que na primeira vez. O beijo era ainda melhor dessa forma, mas alguma coisa não parecia certa, uma vozinha insistia em ficar gritando na minha cabeça e comparando a diferença entre os toques, o beijo e essa voz não parava de falar um nome: Leonardo.

Eu me afastei do Marcelo bruscamente e ele me olhou confuso, me levantei e comecei a andar pela sala, tentando clarear a mente.

— Marcelo, isso tudo é maravilhoso, eu esperei e sonhei muito com isso, mas eu conheci alguém e eu estou confusa.

Minhas palavras pareciam tê-lo magoado muito e o deixado ainda mais confuso.

— Conheceu alguém? Quem? Onde?

— Ele se chama Leonardo, é irmão gêmeo do namorado de uma amiga.

— Mas, você acabou de conhecê-lo e disse que gosta de mim há anos, como pode estar confusa?

— Essas coisas acontecem, eu não planejei, quer dizer, eu planejei, mas com ele eu não planejei realmente, aconteceu.

Eu sabia que não estava fazendo o menor sentido, ele levantou, veio até mim e segurou no meu rosto.

— Esquece esse cara, sou eu, a gente se conhece, gostamos das mesmas coisas, somos perfeitos um para o outro.

— Marcelo, se você realmente gosta de mim, precisa me dar um tempo para pensar e entender o que está se passando na minha cabeça e no meu coração.

Eu via em seus olhos que ele estava frustrado, que aquilo não estava saindo como ele imaginava, nem como eu imaginava na verdade, mas ele sorriu para mim mesmo assim e falou:

— Tudo bem, vou dar um tempo para você entender tudo, mas vou deixar mais uma coisa para você pensar enquanto isso.

Ele se aproximou e me deu outro beijo, me deixando mais uma vez sem fôlego. Depois de um tempo ele me soltou, deu um sorriso e uma piscadinha (que sempre me deixaram caidinha por ele) e saiu, fechando a porta.

Eu desabei no sofá pensando em tudo que tinha acabado de acontecer e no que eu tinha acabado de fazer. Praticamente dispensando o cara por quem eu sempre fui apaixonada por causa de outro que eu tinha acabado de conhecer. O que tinha dado em mim? Eu quase me levantei para ir atrás do Marcelo, mas resolvi ficar quieta onde estava. Se ele tinha me dado um tempo eu ia aproveitar para pensar direito no que eu ia fazer e tentar não machucar ninguém, eu mesma inclusive.

Eu com certeza teria uma longa noite de insônia pela frente.

# Capítulo 14

Como imaginei, a noite foi longa e difícil. Eu não queria pensar em nada, só dormir, então contei carneirinhos, fiz meditação, coloquei uma música suave para ouvir, mas nada adiantava. Lá pelas duas da manhã resolvi tomar um remédio para gripe para ver se ajudava e, finalmente, depois das três, eu apaguei. Tive um sono agitado e acordei às sete para ir para o trabalho, estava exausta e só queria a minha cama, mas ainda era sexta e eu não teria um dia fácil pela frente. Só queria que o dia passasse voando.

A Bruna estava com um humor do cão, pior do que normalmente. Toda vez que cruzava comigo me fuzilava com os olhos. O motivo, descobri mais tarde, o Marcelo tinha terminado com ela ontem à noite. Não consegui disfarçar que isso me deixou bem satisfeita, mas todos os pensamentos e indecisões na minha cabeça não me permitiram curtir a sensação por muito tempo.

Logo cedo eu tinha recebido uma mensagem de bom-dia do Marcelo, dizendo que não desistiria fácil. Minhas indecisões só pioraram na hora do almoço, pois quando desci para ir ao restaurante encontrei o Léo no saguão do prédio, esperando por mim com um lindo sorriso no rosto.

— Ufa, que bom que te encontrei, queria fazer uma

surpresa e te levar para almoçar, mas fiquei com medo de você já ter ido — ele disse, vindo em minha direção e me deu um selinho rápido.

— Léo, que surpresa, não esperava te encontrar aqui. — Eu estava feliz em vê-lo, mas achava que não era um dia bom para nós nos vermos.

— Fiz mal em vir? — Ele deve ter notado a minha hesitação e fez uma cara triste de desapontamento. Eu não queria magoá-lo, então tentei melhorar minha expressão e peguei na mão dele.

— Não, desculpe. Eu não dormi bem essa noite e estou tendo um dia difícil no trabalho, mas vai ser muito bom ter sua companhia no almoço. Vamos?

— Vamos.

Andamos de mãos dadas até o restaurante. Ele estava animado e falava sem parar sobre um novo projeto. Eu tentava acompanhar, mas minha cabeça continuava dando voltas, analisando tudo. Eu gostava dele, ele era bonito, inteligente, simpático, engraçado e o Marcelo também era tudo isso. Como eu fui me meter nessa encrenca? Até alguns dias atrás eu não tinha ninguém, era a encalhada caçando um namorado, agora eu tinha dois caras incríveis interessados em mim e eu não conseguia escolher. Quando estava com um pensava no outro, qual era o meu problema?

— Letícia? — De repente me dei conta que estava viajando e ele me olhava com expectativa.

— Desculpe, o que você disse?

— Você está em um dia ruim mesmo ou eu que não sou nada interessante?

— Claro que você é interessante.

— Não é só hoje, você parece estar me evitando nos últimos dias. Eu achei que a gente tinha se gostado, que estávamos nos entendendo, mas, de repente, você começou a ficar fria.

— Ah, meu Deus, desculpa. Eu sou uma idiota. Você é incrível, então vou ser sincera com você. Eu tenho um amigo de muitos anos e eu sempre fui apaixonada por ele, nós tivemos uma briga e ficamos afastados por um tempo e agora ele apareceu e disse que gosta de mim também.

Ele estava com uma cara triste e desapontada.

— Entendi e você escolheu ficar com ele?

— Eu, eu não sei. Eu imaginei que se um dia isso acontecesse eu não pensaria um segundo antes de dizer sim, mas aí eu te conheci e eu gosto de você, mesmo que a gente tenha acabado de se conhecer. Eu estou muito confusa.

— Então, eu ainda tenho uma chance? — ele disse com um sorriso no rosto e eu não pude deixar de sorrir com aquela cara de menino feliz que ele fez.

— Tem, claro que tem. Mas eu preciso de um tempo para colocar tudo em perspectiva e tomar uma decisão que não machuque ninguém.

— Você é incrível por pensar isso, mas alguém vai

sair machucado dessa história, isso é inevitável.

Terminamos nosso almoço e voltamos para o trabalho, cada um seguindo seu caminho. Apesar de termos conversado sobre outras coisas ainda, aquela frase "Alguém vai sair machucado dessa história" não saiu da minha cabeça.

Entreguei meu trabalho naquela tarde, torcendo para que fosse aprovado, pois eu não aguentava mais o mau humor da Bruna, dando palpite em cada etapa do trabalho que não tinha nada a ver com ela.

Fui para casa ainda com a cabeça cheia. Por sorte no outro dia encontraria a Jessica e a Giovanna para um passeio no parque e poderia dar uma espairecida e pedir a ajuda das minhas amigas para sair daquela situação.

# Capítulo 15

Encontrei com as meninas no parque do Ibirapuera para um piquenique no sábado à tarde. Lógico que elas estavam doidas para saber o que tinha acontecido e não paravam de me fazer um monte de perguntas.

Sentamos embaixo de uma árvore, estendemos uma toalha e começamos a comer enquanto eu contava a minha longa história com o Marcelo, desde a faculdade. Eu dizia para todo mundo que achava ele lindo, maravilhoso, mas nunca assumi, nem mesmo para elas, que eu tinha uma paixonite por ele e ninguém suspeitava que ele gostasse de mim também.

Contei sobre a nossa briga no bar, sobre a história de arrumar um namorado, sobre a Samantha, o Leandro, o Leonardo, tudo, até chegar ao beijo da quinta à noite e à declaração do Marcelo.

As meninas me ouviram atentamente, ficando boquiabertas com a última parte.

— Então, essa é a história toda. Tô me sentindo ridícula com esse plano idiota e completamente dividida. Não sei o que fazer. — Olhei esperançosa para as meninas esperando que alguém pudesse me dar uma luz e a Jessica foi a primeira a falar.

— Não se sinta ridícula. Precisa de muita

coragem para fazer tudo isso, você descobriu o que queria e foi atrás.

— Verdade — emendou a Giovanna. — Mas em relação ao Léo e ao Marcelo não podemos fazer muito para te ajudar. Só você pode tomar essa decisão.

— Como fui de encalhada total para escolher entre dois caras incríveis? Tem certeza de que vocês não tiveram nenhuma inspiração divina para ajudar uma amiga desesperada?

— Não — respondeu a Jessica. — Mas diante disso tudo você tem que pensar primeiro em si mesma, sem medo de magoar os outros como você sempre faz. Você só será feliz se for fiel ao que você realmente quer.

— Jé. — Olhei para ela assustada. — Quando você ficou tão sábia?

—Besta, eu sempre fui sábia. Vocês que fingem que não sabem disso.

Demos muita risada e ela me bateu. Brincadeira, passamos o resto do dia conversando sobre outras coisas, falando besteira, que era o nosso normal. Dando risada e colocando as outras a par do que tinha acontecido na vida de cada uma nos últimos anos.

Por mais que nos falássemos pelas redes sociais com frequência, nunca era a mesma coisa, sempre ficava faltando algo. Eu sentia falta da nossa época de faculdade, quando nos víamos todos os dias e, às vezes, eu passava o dia esperando para contar alguma coisa para elas à noite.

O dia tinha sido muito divertido e proveitoso, era bom saber que eu tinha amigas com quem contar. Claro que elas não podiam resolver meus problemas por mim, mas só de estar perto, dar risada e me fazer esquecer de tudo já era bom o bastante.

Passei a noite em casa, tinha muito o que pensar e, no domingo, resolvi ir ver minha família de novo. Por mais que eu tentasse me distrair, os pensamentos não iam embora e eu pensava a cada segundo nos dois, em quem eu deveria escolher, mas não conseguia chegar a uma conclusão.

Nenhum deles, porém, se deixava ser esquecido. Os dois me mandavam mensagens diariamente, perguntando se eu estava bem, conversando comigo, mas nenhum dos dois perguntava sobre a minha decisão, deixando-me espaço para pensar e decidir sozinha.

No entanto, juntando tudo, o trabalho e a decisão que eu tinha que tomar, sem querer machucar ninguém, estavam me consumindo. Eu não trabalhava mais tão bem, tinha dificuldade para dormir, para me concentrar, para comer. Alguém estava sofrendo muito com essa situação: eu mesma. Parece exagero, mas para uma pessoa ansiosa, tomar uma decisão dessas não é nada fácil.

Uma semana depois, um dos sócios da agência me chamou para conversar em sua sala, juntamente com meu chefe. Quando passei pela Bruna, ela me olhou com ar de satisfação e superioridade. Meu estômago ficou gelado e eu entrei na sala com a certeza de que era o meu fim.

# Capítulo 16

Minha cara deveria ser de um cachorrinho assustado, entrei com a maior cautela na sala do Marcos, um dos sócios da agência, com o Lucas vindo logo atrás. Ele estava bem sério e nos mandou sentar. O Lucas estava tenso ao meu lado, o que só aumentava meu medo.

— Bom dia, eu chamei vocês aqui, porque tenho algo muito importante para falar.

Quando fui responder, a minha voz não saía e dei até uma gaguejada:

— Aco... Aconteceu alguma coisa?

— Aconteceu sim. — Ele estava cada vez mais sério, mas do nada começou a gargalhar e o Lucas o acompanhou. Eu olhava de um para outro sem entender absolutamente nada.

— Alguém pode me explicar o que está acontecendo? — Eu já estava me sentindo uma idiota.

— Você tinha que ver sua cara. Alguém te falou que você seria demitida? Por que era essa cara que você estava fazendo, de terror.

Ele não parava de rir e eu seguia sem entender nada.

— Não, ninguém me falou nada. Lucas, o que está acontecendo?

— Pode deixar que explico — o Marcos interrompeu, agora se recompondo. — Aconteceu uma coisa sim, Letícia, mas não é ruim. Quer dizer, dependendo da sua resposta é bem ruim pra gente, mas ótimo pra você.

Eu continuava sem entender nada.

— Não estou entendendo.

— Nós recebemos uma ligação ontem da unidade da agência em Paris. Eles abriram uma vaga para diretor de criação e como gostam muito do trabalho que fazemos aqui me pediram uma indicação. Eu conversei com o Lucas e achamos que não tem ninguém melhor na agência nesse momento para esse trabalho. Até porque você é uma das poucas pessoas aqui que falam francês.

Eu estava anestesiada. Eu, diretora de criação em Paris? Será que isso era verdade ou eu estava sonhando?

— Isso é alguma pegadinha? Vocês estão me trolando, né?

O Marcos caiu na gargalhada.

— Não, Letícia, dessa vez é sério. Eu sei que é uma mudança e tanto, então, vamos te dar um tempo para pensar. Você tem duas semanas para tomar essa decisão. Vou te enviar por e-mail a proposta, acredito que te ajudará a se decidir. Qualquer dúvida você pode vir falar comigo.

Saímos da sala do Marcos, o Lucas e eu, e caminhamos de volta para o nosso setor. Todo mundo olhava para mim enquanto passávamos, imagino que estava com uma cara de zumbi. Todo mundo deveria estar imaginando que eu tinha sido demitida, mas a única que teve coragem de perguntar o que todos queriam foi a Bruna, é claro. Sem nem se mexer de seu lugar ela falou bem alto para todos ouvirem:

— E aí, Letícia. Levou um pé na bunda da agência?

Virei-me para ela, pronta para responder apesar do torpor, mas o Lucas foi mais rápido:

— Não, Bruna, ela não foi demitida. Agora, pare de se meter na vida dos outros e vai trabalhar, antes que eu tenha que falar com seu chefe.

O Lucas me levou direto para sua sala, fechou a porta e me sentou na cadeira. Parecia que eu estava fora de mim.

— Se essa Bruna não fosse muito boa no que faz já teria sido demitida faz tempo, garotinha insuportável.

Enquanto ele reclamava, eu ia voltando ao normal.

— Obrigada por me defender.

— Você é uma das minhas melhores redatoras, eu tinha que te defender e ninguém gosta dela mesmo — ele fez uma pausa e quando voltou a falar, parecia nostálgico. — Vou sentir sua falta quando você for embora.

— Você acha que eu devo ir mesmo?

— É claro, é uma mega oportunidade. Ir para outro país como diretora de criação não é para qualquer um. Você já está aqui há seis anos, nunca pensou em ir pra outra agência, dar outro passo na sua carreira?

— Já, mas eu gosto daqui. É seguro.

— Nunca fique em um lugar por segurança, estagnada. Você é uma tremenda profissional e vai fazer muita falta aqui, mas está na hora de alçar novos voos. Se você não aceitar, não vou te perdoar. A não ser que tenha outro motivo pra você querer ficar, como um namorado.

Pela primeira vez eu pensei no Marcelo e no Leonardo, eu conseguiria ir embora e deixar um deles para trás? Eu, algum dia, conseguiria escolher entre um deles?

— Não, não tem ninguém.

— Então, nada te segura, se joga.

— Eu  eu vou pensar. Devo manter isso em sigilo aqui na agência?

— Só se você quiser.

— Eu prefiro, por enquanto.

— Tudo bem.

Eu saí da sala do Lucas e voltei para minha mesa com a cabeça girando mais do que nos últimos dias, agora eu tinha mais uma escolha a fazer: minha carreira ou o amor, e dentro do amor: o Marcelo ou o Léo. Eu estava ferrada.

Claro que todo mundo na agência queria saber do que se tratava a reunião com um dos chefões. Eu só dizia que era sobre um trabalho, mas que deveria ficar em sigilo por hora. Óbvio que não foi suficiente para me deixarem em paz, então fiquei imensamente agradecida quando finalmente pude ir para casa, ficar quieta com meus pensamentos.

# Capítulo 17

Eu precisava de ajuda para tomar uma decisão como essas, então no sábado fui visitar minha família.

Já tinha conversado por mensagem com a Giovanna e com a Jessica. A Giovanna achava que eu deveria ir sem olhar para trás, já a Jessica dizia que eu deveria ficar e não abandonar o Marcelo (claro que ela queria que eu escolhesse o Marcelo), pois deveríamos colocar o amor acima da carreira. E eu já tinha uma carreira aqui, para que me mudar para Paris (afinal, quem quer morar em Paris, né?). Eu estava cada vez mais confusa.

Minha família, que não sabia dos dramas da minha vida amorosa, achava que eu deveria ir sim, tentar uma vida nova, conhecer um francês, claro. Todos, menos minha mãe. Ela não queria pensar na possibilidade da sua menininha indo morar tão longe, já era difícil me ver morando em São Paulo, imagina em Paris. Mas, depois de muita discussão entre a família toda, ela finalmente disse que se isso me faria feliz ela poderia aceitar e que até, mesmo morrendo de medo de avião, poderia ir me visitar de vez em quando lá. Essa eu queria ver.

No final, eu sabia que, por mais conselhos que eu ouvisse, ainda teria que tomar a decisão por mim mesma. Era algo que ninguém poderia fazer por mim, mas ainda havia duas pessoas que eu gostaria de ouvir antes de tomar uma decisão. Algo que algum deles falasse ainda poderia me fazer resolver ficar, afinal de contas.

Assim que cheguei em casa liguei para o Léo, eu tinha a sensação de que a conversa com o Marcelo seria mais difícil, então era melhor começar por ele. Combinamos de jantar fora e fui me arrumar muito nervosa, com um frio enorme na barriga que me fazia ter certeza de que não conseguiria comer nada.

Na hora combinada o Léo apareceu para me buscar. Ele estava lindo e parecia muito nervoso, na hora percebi que ele deveria achar que eu tinha tomado uma decisão e que o jantar era para comunicá-lo. Coitado, não fazia ideia de como as coisas tinham se complicado.

Ele me olhava com expectativa durante o trajeto até o restaurante. Nenhum dos dois conseguia conversar muito, só falávamos sobre coisas banais.

Chegamos ao restaurante, nos sentamos e pedimos a comida. Eu deveria tê-lo convidado para ir para minha casa, não sabia a melhor hora para fazer isso durante um jantar. Era melhor soltar tudo antes de a comida chegar? Começar a comer e falar? Esperar ele comer tudo? Como se faz isso? Nenhum dos dois estava confortável, então, resolvi falar logo:

— Léo, eu te chamei aqui para te contar uma coisa e pedir a sua opinião.

— Ah. — Ele pareceu um pouco aliviado, mas pego

de surpresa. Com certeza não esperava por isso. — Pode falar.

Respirei fundo e falei.

— Eu recebi uma proposta de emprego em Paris. Seria como uma transferência da minha agência daqui para lá e uma promoção também. Mas não sei que decisão tomar.

— Ah. — Ele estava mais surpreso ainda, com certeza não estava esperando por essa. Ele me olhou durante um tempo, sem falar nada, depois parecia triste ao retomar. — Eu acho que você deveria aceitar.

— Mesmo? — A rapidez com que ele me disse para aceitar me pegou desprevenida.

— Olha, eu sei que talvez eu deveria te dizer para não ir, para ficar aqui comigo e a gente se conhecer melhor e que podemos ter um futuro incrível juntos, mas não acho que tenho o direito de te pedir isso. É sua carreira e é uma oportunidade incrível. Eu acho de coração que você deveria ir, mesmo que isso me magoe.

— Nossa Léo, você é mesmo incrível. Obrigada por me entender tão bem.

— Você não vai me dizer que é só um teste, não é? Para ver se eu sou egoísta e tal

Ele fez uma cara esperançosa quando disse isso e eu não consegui evitar de dar uma risadinha.

— Não, não é um teste.

— Imaginei, você é criativa, mas não seria cruel

assim. Espero que possamos pelo menos ser amigos. Quem sabe um dia as coisas não mudam, eu acredito em destino.

— Eu também acredito e é claro que podemos ser amigos.

Ainda bem que falei logo, o resto da noite foi mais tranquilo e até divertido. O Léo já tinha ido para Paris algumas vezes e como todo arquiteto era apaixonado pela cidade. Passamos o resto do jantar falando sobre as belezas e os locais onde eu deveria ir sem falta.

Quando ele me deixou em casa eu já estava até muito inclinada a aceitar o trabalho, mas ainda teria uma pessoa com quem conversar que provavelmente não seria tão fácil assim.

# Capítulo 18

No domingo de manhã liguei para o Marcelo e o convidei para ir até a minha casa, sabia que a conversa seria mais fácil ali do que em público.

Ele bateu na porta (claro que tinha entrado direto) e quando eu abri ele parou e ficou um tempo olhando para mim.

— Senti saudades — ele falou e já veio até mim, me beijando. Acho que essa decisão vai ser ainda mais difícil de tomar do que eu imaginei.

Depois do beijo, ele parecia mais animado, entrou no apartamento e se sentou no sofá.

— Então, você tomou uma decisão?

Eu estava ainda mais nervosa.

— Mais ou menos isso.

— Você me escolheu, né?

— Marcelo, me escuta, eu tenho uma coisa pra te falar, muito importante.

— Você escolheu ele.

— Presta atenção, Marcelo, não me deixa louca. — A conversa mal tinha começado e eu já estava gritando. Ele realmente sabia mexer comigo.

— Desculpa, vou ficar calado e vou escutar.

— Muito bem. — Respirei fundo. — Essa semana o

Marcos veio conversar comigo, sobre uma proposta para trabalhar na unidade de Paris — contei tudo em detalhes para ele, que ouvia atentamente sem demonstrar nenhuma emoção e sem olhar nos meus olhos. Quando finalmente terminei, ele olhou para mim, ainda com a mesma expressão por uns dois minutos, que me pareceram horas, até que ele finalmente falou:

— E você já decidiu o que vai fazer?

— Eu não decidi nada ainda, mas tenho conversado com algumas pessoas e estou pensando em aceitar.

— Entendi. E o outro cara, o que ele acha disso tudo? Você já falou com ele?

— Já. Ele acha que eu devo aceitar.

— Ele não tentou te convencer a ficar?

— Não. Ele achou que era um teste. — Dei uma risadinha ao lembrar. — Mas acha que não tem o direito de me pedir para ficar. Somos amigos agora.

— E o que exatamente você quer de mim?

— Quero sua opinião. — Fiquei um pouco chocada com o tom amargo dele.

— Talvez eu seja mais egoísta que ele ou talvez eu te ame mais, não sei, mas não consigo não te pedir para ficar.

Quando ele falou isso, eu comecei a amolecer, mas algo dentro de mim dizia que não, não posso perder essa chance.

— Mas é a minha carreira, seria uma grande oportunidade de crescimento. Talvez nunca tenha uma chance como essa. E você sabe como sou apaixonada por Paris.

Ele respirou fundo, olhou dentro dos meus olhos e disse:

— Sabe o que eu realmente acho, Letícia? Eu acho que você tem medo, medo de se atirar de verdade nas coisas e ser feliz. Você está na mesma agência há anos e nunca saiu nem da mesma equipe e agora você só quer mudar tudo isso porque tá com medo de mim. É isso mesmo, você nunca me disse que gostava de mim e depois que eu me declarei você ficou entre mim e esse Léo, que você nem conhecia direito, só para não tomar uma decisão. Tudo isso que você fez nos últimos meses, os planos e tudo mais foram para fingir que você realmente queria alguém, porque, na verdade, você tem medo de um relacionamento de verdade.

Eu estava chocada com tudo que ele estava jogando em cima de mim, mas não deixaria barato.

— Olha só quem tá falando, você também nunca saiu da sua agência, você também nunca teve um relacionamento sério, sempre bancando o garanhão que pode ter a garota que quiser. Você também nunca teve coragem de me dizer que gostava de mim. Você também tem medo.

— Pelo menos eu tive coragem de te dizer que gostava de você.

— Pelo menos eu vou ter coragem de mudar minha vida toda e ir embora para Paris.

Ele parou de repente, chocado, eu parei também. Não queria magoá-lo, mas percebi a verdade nas minhas palavras. Eu precisava fazer isso por mim, eu iria para Paris. Mas ele não estava feliz com isso.

— Ótimo, vai para Paris, vai se esconder em outro continente. Acho que o melhor é a gente ficar separado mesmo — ele disse isso e saiu do apartamento antes que eu pudesse falar qualquer coisa mais.

Eu sentei no sofá, chorando é claro, sem saber se eu tinha feito a coisa certa.

Eu pensava, chorava e não sabia o que fazer. Na segunda, pedi o dia de folga e dirigi até a praia. Olhar o mar era algo que me fazia pensar com mais tranquilidade, com mais clareza. Passei em um supermercado, comprei alguns lanches, escolhi uma praia mais tranquila e passei o dia sentada na areia, olhando o mar e pensando.

Já eram quase cinco da tarde quando me levantei e fui embora, com uma decisão tomada.

# Capítulo 19

Na terça de manhã, eu chego à agência e vou direto para a sala do Lucas, ele fica animado em me ver.

— Você está com cara de quem tomou uma decisão.

— Sim, eu tomei uma decisão. Não foi nada fácil, mas estou pronta.

— E então?

— Eu vou para Paris.

— Sério? Ótima decisão, tenho certeza de que você não vai se arrepender.

— Espero que não.

— Eu sei que não. Você é inteligente, criativa, vai se dar muito bem lá. A equipe é que vai sentir sua falta. Precisamos falar com o Marcos. Temos muitas coisas para ajeitar.

— Vamos lá.

Seguimos para a sala do Marcos que fica muito feliz com a novidade. Em poucas horas toda a agência já sabe e todo mundo vem me felicitar, dizer que eu mereço, que vou me dar bem lá ou falar de um lugar incrível que visitou em Paris e que eu preciso conhecer. Todo mundo, menos a Bruna, é claro.

Ela fica me olhando de longe com uma cara que faria qualquer desavisado sair correndo, temendo a própria vida, mas eu não ligo, já estou acostumada demais ao veneno dela para ligar, mesmo que eu não saiba o motivo de tanta raiva. No meio da tarde, porém, ela aproveita que estou sozinha no canto do café e vem destilar seu veneno.

— Eu fico imaginando o que você não deve ter feito para conseguir essa vaga, não é mesmo?

— O que você está insinuando Bruna? — Ela conseguiu me tirar do sério.

— Exatamente o que você está pensando. — Ela dá um sorriso malicioso e me olha de cima a baixo com desdém.

Eu respiro fundo, não é uma briga que eu vou comprar justo agora, não vale a pena.

— Bruna, eu nunca te fiz nada. Qual é o motivo de tanta raiva de mim?

Eu vejo que ela não esperava por isso, minha pergunta a deixa desconcertada, desarmada.

— Eu tenho inveja de você, tá legal? Desde o primeiro dia você é a queridinha, a talentosa. Todo mundo gosta de você, te trata bem e eu não, todo mundo me odeia. E ainda tem o Marcelo, ele nunca me deu atenção, só pensava em você. Eu via vocês juntos por aí, eu sabia que vocês não namoravam, mas ele nunca me dava bola. Até aquele dia na balada, quando eu cheguei nele e nós ficamos juntos. Eu estava feliz, eu sabia que você gostava dele, mas ele estava comigo. Até eu descobrir que era só pra te fazer ciúmes. Você está sempre no meu caminho. E agora conseguiu uma chance dessas, uma chance que eu sempre quis.

Eu não esperava essa sinceridade dela, foi minha vez de ficar desconcertada.

— Bruna, você não precisa ter inveja de mim. Você é muito talentosa, é boa com os clientes. Só precisa mudar um pouco seu jeito de agir com as pessoas e todo mundo vai gostar de você. Você ataca para se defender e por isso acaba sendo desagradável com as pessoas, isso afasta todo mundo. Quanto ao Marcelo, você é linda, não precisa mendigar o amor de ninguém. Se parar de se defender o tempo todo, vai acabar encontrando alguém que goste de você também.

— Ok, obrigada. Vou pensar nisso, boa sorte para você.

Ela falou isso, virou as costas e saiu andando. Se eu esperava algumas lágrimas e um abraço de rendição? Talvez, mas algumas coisas levam tempo para mudar.

O resto do dia passou em um turbilhão com várias pessoas vindo falar comigo, meu chefe explicando como a transferência vai funcionar. Quando eu cheguei em casa estava exausta, só consegui tomar um banho, comer alguma coisa e cair na cama, sem tempo para pensar em mais nada.

# Capítulo 20

Depois do primeiro dia eu descobri que terei um mês até a mudança, é pouco tempo, eu sei, mas eles têm pressa.

Um mês é o tempo que tenho para ir atrás de toda a documentação necessária para o visto, comprar algumas roupas para a viagem, pois vou chegar no fim do inverno (tentar comprar roupa de inverno no verão do Brasil, nada fácil). Passar um tempo com minha família e amigos e estudar, estudar, estudar e estudar.

Eu já falo francês muito bem, mas a cultura é algo em que preciso me aprofundar muito. Um bom publicitário, principalmente quem trabalha com criação, tem que conhecer o seu público-alvo, saber o que funciona com ele e a cultura francesa é bem diferente da brasileira. Então, preciso estudar bastante para chegar lá já com uma vantagem.

Com tanta coisa para fazer, o mês passou voando. Eu penso muito no Marcelo, todos os dias, mas ele não voltou a falar comigo e penso que talvez seja melhor assim. Minha decisão foi tomada, não posso voltar atrás.

Uma semana antes de viajar, a agência me dá uma festa de despedida surpresa. Como foi surpresa, é óbvio que eu não estava esperando e fiquei muito emocionada. Depois de seis anos trabalhando aqui não seria nada fácil dizer adeus.

Além da festa, eles também fizeram uma vaquinha para me dar uma cesta de doces brasileiros. Eles me conhecem, sabem como vou sentir falta dos doces brasileiros e isso me emociona ainda mais.

Depois da festa é hora de dar tchau definitivamente, ainda vou passar mais uma semana no Brasil, mas não volto mais para a agência. Todos me dão beijos e abraços de despedida e me desejam sorte, até mesmo a Bruna.

A manteiga derretida aqui sai da agência com o olho inchado e o rímel todo borrado de tanto chorar, mas com várias fotos, lembranças e doces para me fazer lembrar dos seis anos que passei ali.

Antes de entrar no carro me viro para o prédio e dou uma última olhada, já com saudades.

Outra última olhada que dói bastante é a que dou no meu apartamento, no meu prédio. Como é difícil dizer adeus para um lugar em que passei tantas coisas boas e tantas coisas ruins também. Momentos de alegria com os amigos, de solidão quando não tinha com quem sair, conversar.

Eu havia decidido passar minha última semana na casa dos meus pais, perto da família. Só Deus sabia quando iríamos conseguir nos ver depois que eu fosse embora. Então, dei aquela última olhada em tudo, entreguei as chaves para o proprietário e fui embora, com lágrimas nos olhos.

# Capítulo 21

No sábado, antes da minha partida, minha família e amigos fizeram uma festa de despedida para mim no bar da minha irmã. Não foi uma festa surpresa dessa vez, para que eu pudesse convidar todos que eu quisesse. Eu mandei uma mensagem para o Marcelo o convidando, mas ele não respondeu.

A Giovanna tinha vindo de Recife com o noivo passar o fim de semana só para se despedir de mim e lá estavam todos os meus amigos, a Jessica com o marido, amigos da faculdade, da escola, minha família, irmãos, primos, todos.

Meu coração já estava apertado a noite toda, eu olhava para o rosto de cada um, pensando em quando eu os veria de novo. Alguns eu nem sabia se um dia voltaria a ver e isso doía, mas nem tanto quanto olhar para a porta toda vez que alguém chegava, esperando que fosse o Marcelo, mas ele nunca aparecia.

A ansiedade foi tomando conta de mim e tive que procurar um lugar do lado de fora, sozinha, para conseguir tomar um ar fresco e tentar respirar. Em menos de cinco minutos lá estavam a Jessica e a Giovanna.

— O que você está fazendo sozinha aqui fora? — a Jessica perguntou.

— Eu precisava tomar um pouco de ar.

— Você não está se arrependendo da sua decisão não, né? — foi a vez da Giovanna.

— Não, claro que não. Só precisei de ar.

— Sei. A ausência do Marcelo não tem nada a ver com isso, né? — A Jessica me olhou com cara de preocupada. Elas me conheciam muito bem.

— Claro que não. Mas, vocês sabem alguma coisa dele?

Mordi meu lábio, tentando disfarçar quando a Giovanna respondeu:

— Não, ele não tem respondido nenhuma mensagem, mas ele vai superar tudo isso, só precisa de um tempo.

— Vocês acham que eu tenho medo de me comprometer, que eu estou fugindo dele? Do que eu sinto por ele?

Eu vejo quando elas trocam um olhar. A Jessica já tinha falado que eu deveria ficar, então me surpreende a resposta dela.

— Você tomou uma decisão, colocou a carreira em primeiro lugar e está indo atrás do seu sonho. Eu acho que você é muito corajosa por estar fazendo isso e é assim que você tem que pensar. Agora chega de se lamentar e volta para a festa que tá todo mundo querendo saber de você.

— Tá bom, vamos lá.

Eu respiro fundo e volto para a festa com as meninas, não é fácil não me preocupar, pensar se fiz a escolha certa, mas aos poucos vou esquecendo tudo e me divertindo com as pessoas que amo e que vou passar um longo tempo sem ver.

Quando a festa vai chegando ao fim e começam as despedidas, a chorona volta e mais uma vez eu termino o dia com o olho inchado e a cara toda borrada de maquiagem.

Todos me desejam boa sorte e dizem que querem um colchãozinho no meu novo apartamento em Paris para quando forem me visitar e parece que a ficha está finalmente caindo, eu vou morar em Paris.

Vou me despedir de todos os familiares e amigos e em pouco tempo a festa acaba. O domingo, meu último dia no Brasil, é passado ao lado da minha família, grudada neles, não vai ser fácil dizer adeus.

O dia termina mais rápido do que eu queria e, no final dele, tenho que me despedir do meu irmão, da minha cunhada e da minha sobrinha, que não estarão comigo no aeroporto no outro dia por causa do trabalho.

O Marcelo não dá nenhuma notícia e eu começo a ficar muito triste, não acredito que vou embora sem me despedir dele, na verdade, não acredito que ele vai me deixar ir embora sem se despedir.

A segunda-feira chega rápido demais e é hora de ir para o aeroporto. Como sempre na minha família, apesar dos meus pais acordarem cedo, é uma correria daquelas para ficarem todos prontos para sair.

Minha mala está pronta há uma semana, mas ando de um lado para outro com medo de ter esquecido alguma coisa e checo o celular a cada dois minutos. Tem muitas mensagens me desejando uma boa viagem, mas nenhuma é do Marcelo.

Meus pais, minha irmã e meu cunhado me levam até o aeroporto. Eu e minha mãe choramos o caminho inteiro, essa viagem não vai ser nada fácil.

Eu faço o check-in e passo até o último minuto possível com eles, olho para o celular toda hora, olho em volta, mas ele não está lá.

Quando chega próximo ao horário do voo e eu preciso entrar na área de embarque o choro toma conta de todos, não é nada fácil dizer tchau para minha família por tanto tempo.

No entanto, eu abraço cada um deles por um longo tempo, pego minha bagagem de mão e vou andando em direção à área de embarque. Olho para trás a toda hora, para minha família e procurando o Marcelo, esperando que ele faça uma daquelas cenas de filmes onde o mocinho aparece no último segundo no aeroporto e pede para a mocinha não ir embora. Mas ele não aparece e eu continuo repetindo para mim mesma que é melhor assim, quem sabe eu não me convenço? Dou um último aceno para minha família e entro na área de embarque. É hora de seguir em frente, rumo a minha nova vida.

# Capítulo 22

O voo demora uma eternidade. Doze horas deveriam ser fichinha, mas todas as emoções que vivi nos últimos dias e a ansiedade do que ainda vem pela frente não me deixam relaxar ou dormir. Não consigo me concentrar em assistir a um filme, então coloco uma música e deixo o pensamento voar. Penso no Léo, no Marcelo e em tudo o que ele me disse na última vez em que nos vimos. Será que ele tinha razão, será que eu fujo do compromisso?

É tarde da noite quando desembarco em Paris, minha nova cidade, com um friozinho na barriga. Pego um táxi e vou até o endereço que me foi passado, meu novo apartamento, um dos benefícios da vaga, todo mobiliado, cortesia da agência por eu ter mudado de país.

Ele não é muito grande, mas é confortável e o melhor de tudo, tem uma vista (distante) da Torre Eiffel, minha amada Torre Eiffel, que está toda iluminada e linda.

Eu estou cansada, é tarde, mas eu queria dar um passeio pelo bairro. Porém, estou em local desconhecido, não conheço bem as redondezas, posso me perder, então, penso melhor e decido deixar a voltinha para o dia seguinte.

Não troco de roupa, não esvazio a mala, só deito na cama e, em segundos, o cansaço me ganha e já estou dormindo.

Acordo no dia seguinte meio desorientada, demoro um segundo para me dar conta de onde estou e quando lembro já levanto animada. Pego qualquer roupa na mala, escovo os dentes, tomo um banho e saio à procura de um café e croissants.

Dou algumas voltas pela redondeza, feliz da vida e volto para o apartamento. É hora de me estabilizar apropriadamente.

Eu tenho uma semana para me adequar, então, no dia seguinte vou conhecer a agência, mas só começo a trabalhar mesmo na segunda-feira. O que creio ser tempo de sobra para me familiarizar com as redondezas.

Coloco minhas roupas no armário, dou uma passada no supermercado para abastecer a casa, mas passo o resto da semana andando pela cidade, conhecendo cada canto, observando os parisienses, os turistas, conhecendo os lugares que não tinha conhecido na única vez em que estive em Paris, quatro anos atrás.

A semana, claro, passa voando e logo é hora de começar a trabalhar e também conhecer melhor minha agência, as pessoas com quem vou trabalhar e tudo mais.

Ter chegado um tempo antes foi bom, porque pude desenferrujar o meu ouvido, que não escutava francês com muita frequência, mas o falar ainda levaria um certo tempo para colocar nos trilhos, já que se eu ouvia pouco, falar então era raríssimo.

A agência ficava a vinte minutos a pé do

apartamento, o que me permitia ir andando até lá. Eu estava com uma tremenda ansiedade e com o coração a mil, pensando em como seria o meu primeiro dia de trabalho.

Eu sabia que tinha aceitado um verdadeiro desafio. Era um trabalho muito diferente do que eu estava acostu mada no Brasil, não era só uma língua diferente, era uma cultura, uma forma de pensar, de agir e de consumir totalmente oposta à do brasileiro.

Quando cheguei à agência e fui propriamente apresentada à equipe com que iria trabalhar percebi que algumas pessoas não estavam totalmente confortáveis comigo, afinal, eu era uma estrangeira ocupando um cargo que poderia ser de qualquer um deles.

O chefe, Piérre, no entanto, me assegurou que eu só teria que ter paciência que logo eles todos estariam mais confortáveis com a minha presença e que eles também teriam paciência com o meu período de adaptação, o qual ele sabia que não seria nada simples, mas que, com um pouco de esforço, da minha parte, é claro, logo eu seria uma publicitária francesa.

# Capítulo 23

Um mês se passou rapidamente. Eu já estava mais adaptada ao local, conhecia todo mundo na agência, tinha que me segurar várias vezes, porque eles são muito menos expansivos que os brasileiros, mas muito simpáticos. Eles eventualmente também se acostumaram comigo.

Eu estudava bastante, passava as noites depois do trabalho estudando francês, vendo milhares de propagandas na TV, na internet e na rua, mas minha parte favorita do estudo era a observação. Eu amava andar pela cidade observando as pessoas, seu modo de agir, de falar, de consumir. Era muito importante para mim conhecer as pessoas e estava sendo uma experiência incrível e totalmente nova. Tudo que eu tinha aprendido em seis anos em uma agência no Brasil tinha que ser adaptado para outra cultura e eu estava amando isso.

Por sorte, eu não era a única brasileira na agência, a Marina estava lá há dois anos e me ajudou muito nesse período. Ela trabalhava no planejamento, então me dava muita força na hora de entender o público-alvo das campanhas. Ela tinha se tornado minha melhor amiga lá, sempre saíamos juntas e eu conheci todos os amigos dela, que vinham de diferentes partes do mundo.

Um desses amigos era o Brian, um inglês que

morava em Paris há quatro anos, ele era lindo e muito simpático. Nós nos conhecemos em um barzinho duas semanas depois que cheguei. Ele vivia me chamando para sair e eu só dava desculpas, que eu tinha acabado de chegar, que eu ainda estava me adaptando. Até que a Marina resolveu me convencer a sair com ele e quando ela quer convencer alguém de alguma coisa, fala sobre aquilo sem parar, incansavelmente até você aceitar.

Então, eu resolvi sair com o Brian, afinal, eu não tinha nada a perder, não é? Saímos por duas semanas, sem compromisso e era muito divertido, eu gostava muito de estar com ele. Até que ele me pediu em namoro e eu congelei. Disse que eu estava em um momento complicado, que não era a hora de entrar em um relacionamento e, como sempre, fugi.

Naquele domingo eu andei sozinha pelas ruas de Paris e me dei conta do quanto o que o Marcelo tinha me falado naquela última noite era verdade e eu tinha acabado de provar isso, fugindo de outro compromisso com uma pessoa legal. Qual era o meu problema? Por que eu tinha tanto medo?

Passei o dia todo pensando e quando cheguei ao apartamento peguei meu laptop e resolvi mandar um e-mail para o Marcelo. Nós não nos falávamos há mais de dois meses e seria muito mais fácil escrever do que falar, então só coloquei tudo o que estava sentindo em palavras:

**Marcelo...**

**Andei pensando em tudo o que você me falou na última vez em que nos vimos e me dei conta que você tem razão, eu tenho medo. Eu fujo de qualquer possibilidade de compromisso e tenho mentido para mim mesma, fingindo que tudo o que eu mais queria era um namorado, quando eu só estava arrumando uma desculpa para fugir do que eu sentia por você. E quando você me falou o que sentia por mim, eu deveria ter ficado feliz e caído nos seus braços, mas de novo eu senti medo e fugi, inventei outra desculpa para não entrar em um relacionamento.**

**Eu não me arrependo de ter vindo para cá, estou aprendendo muito, me desafiando muito e isso vai me fazer crescer de um jeito que talvez eu não cresceria se tivesse ficado onde estava, mas isso teve um preço e esse preço foi ficar longe de você.**

**Eu sinto imensamente sua falta e gostaria que pudéssemos ao menos voltar a nos falar, tentar ser amigos de novo, mesmo que a distância.**

**Eu não sei porque faço isso, porque eu fujo, mas por favor, me perdoa.**

**Beijos,**

**Letícia**

Eu enviei o e-mail sem pensar duas vezes, sentindo-me muito mais leve do que me sentia há meses.

Os dias vão se passando e, apesar de estar mais tranquila, não paro de olhar para o meu e-mail, esperando uma resposta dele. Cada notificação no celular com o ícone do meu e-mail me faz correr para olhar, não importa o que eu esteja fazendo, mas ele nunca responde.

Não ter uma resposta é triste, mas eu tenho que seguir em frente. Eu tomei uma decisão e tenho que conviver com ela, não há mais como voltar atrás e ele tem todo o direito de não me perdoar.

Já se passou um mês desde que enviei a mensagem e nada de respostas, eu pulo cada vez menos quando recebo um e-mail e a vida está entrando nos eixos.

É domingo, está um belo dia de primavera e eu vou para o meu lugar favorito em Paris, a Torre Eiffel, é claro. Eu me sento na grama em frente a ela e passo horas olhando para cima, admirando. Sempre levo um lanche, um livro e passo o dia inteiro sozinha lá. Todo domingo, quando não vou viajar para algum lugar próximo, eu faço isso.

Estou sentada sozinha, olhando para cima quando ouço uma voz próxima dizer:

— Eu sabia que acabaria te encontrando aqui. Nunca entendi sua obsessão por essa torre.

Eu congelo na hora, porque reconheceria essa voz em qualquer lugar, mesmo estando há tanto tempo sem ouvi-la. Olho para trás e dou de cara com o Marcelo, sorrindo para mim. Eu não me contenho, levanto na hora e dou um abraço apertado nele, chorando.

Ele se senta ao meu lado e eu estou tão feliz, que por mais de dois minutos não consigo falar nada, só olho para ele. Parece que ele vai sumir se eu piscar, como se fosse obra da minha imaginação. Depois de um tempo, finalmente, encontro minha voz:

— Não acredito que você está aqui. O que você tá fazendo aqui?

— Eu recebi seu e-mail, na verdade não fico um dia sem olhar para ele, até imprimi. — Ele dá uma risadinha sem graça, como se aquilo fosse patético. — Patético, eu sei. Mas o que você escreveu no e-mail me fez pensar naquela noite e no que você me disse. Que eu também fugia de comprometimento, que eu evitava me jogar, e é verdade. Eu fugi por anos do que sentia por você, fingindo que era só por causa da amizade. Eu não saía da minha agência por medo do novo, do diferente. E quando eu, finalmente, criei coragem de falar sobre o que eu sentia e você me deu o fora, duas vezes, tenho que acrescentar, eu me fechei de novo. Mas seu e-mail me fez querer me jogar e aqui estou eu, me jogando.

— Isso quer dizer o quê?

— Que eu estou me mudando para Paris.

Aquilo com certeza me pegou de surpresa.

— Você está se mudando? Mas e seu trabalho?

— Vou começar como freelancer e depois vemos o que acontece. Isso se você me aceitar, né? Quer namorar comigo?

— Você tá brincando? É claro que eu quero, eu nem acredito que estou tendo uma segunda chance. Eu juro que não vou estragar tudo dessa vez.

— Eu também.

Nós nos beijamos finalmente e saímos juntos para curtir o pôr do sol e a noite em Paris, a cidade-luz e a cidade do amor.

FIM.

# Epílogo

Já se passaram três anos desde que eu e o Marcelo nos mudamos para Paris e continuamos juntos. Na verdade, estamos noivos e vamos para o Brasil em dois meses celebrar um dos nossos casamentos. Como temos muitos amigos aqui, teremos que fazer uma festa para nossas famílias e amigos no Brasil e outra aqui. Um sonho.

A Jessica e a Giovanna serão minha madrinhas, a Gi inclusive se casou e está esperando o primeiro filho. Quem também se casou foi a Samantha e o Leandro, estão super felizes e o Léo está namorando. Voltamos a nos falar e aos poucos estamos nos tornando amigos.

Depois de quatro meses que o Marcelo veio para cá, consegui colocá-lo na agência para trabalhar comigo. Finalmente, somos uma dupla de criação, na verdade, eu sou chefe dele, mas não é algo que realmente o incomode. Claro que brigamos muito, afinal, passar o dia todo juntos no trabalho e ainda nos vermos em casa não é fácil, principalmente para duas pessoas que estão em seu primeiro relacionamento, mas não há nada que um belo passeio pelo rio Senna não cure no final das contas.

Eu estou muito feliz, pois finalmente deixei de ser uma encalhada, mas, principalmente, porque a decisão que eu tomei quando vim para cá mostrou-me que o que eu precisava realmente não era de um namorado para ser feliz. E sim, que eu precisava me encontrar, me amar e me completar, para depois encontrar alguém que me transbordasse.

# Sobre a Autora

Completamente apaixonada pela palavra escrita e por todos os mundos para onde ela pode nos levar, amo (e devoro) os livros desde criança. Era uma das poucas alunas da minha escola que frequentava a pequena biblioteca presente, e essa paixão pela escrita foi crescendo junto comigo.

Cursei publicidade para trabalhar com as palavras e fazer o público sonhar, mesmo que fosse de uma outra maneira. E foi durante a faculdade que nasceu um dos meus maiores sonhos, o Confissões de uma Encalhada, meu primeiro livro.

Moro no ABC Paulista com meus pais e uma irmã.